슬픔을 아는 사람

슬픔을 아는 사람

유진목의 작은 여행

ㄴㄴ> <ㄷㄴ

사람은 한평생을 살아가며
같은 이야기를 되풀이한다.

—로르 아들레르

차례

part 1

나의 가장 먼 미래는 아침이다

1

미래를 구체적으로 그려보지 않은 사람에게 도착한 미래
는 모든 것이 낯설고 새롭기만 하다. 불과 보름 전만 해도
나는 이 분주한 아침에 호텔 로비에서 글을 쓰고 있으리
라고는 생각하지 못했다. 열흘간 이곳에 머물 텐데, 역시
그후의 일은 생각해보지 않았다.

내일이 오면 그제야 그날의 일을 결정한다. 그다음 날은
알지 못한다. 생각하지 않기 때문이다. 나는 다음해를 준
비하지 않고, 십 년 후를 예비하지 않는다. 이렇게 살아
가는 일은 되는 대로 살아가는 것이다. 그날그날 하루의

상황에 맞추어 살아가는 것뿐이다. 내일은 비가 오겠구나 생각하지 않고 오늘은 비가 오는구나 바라본다. 생각은 늘 현재형으로만 흘러간다. 그러다 가끔씩 불쑥 지나온 날들이 끼어든다.

간밤에는 어김없이 새벽에 깨어나 갑작스레 번쩍이는 번개를 보았다. 창문을 여니 비가 쏟아지고 있었다. 해가 져도 식을 줄 모르던 열기를 폭우가 잠재우고 있었다. 해가 져도 이곳은 뜨겁기만 하다. 그것이 여기 유월의 날씨겠거니 나는 짐작할 뿐이다.

어제는 장 아메리의 『자유죽음』 조판 원고를 끝까지 읽었다. 그리고 그에 대한 짧은 글을 써서 출판사에 송고했다. 사람은 언제든 원하는 때에 원하는 방식으로 죽을 수 있어야 한다고 생각하는 사람에게 『자유죽음』은 참으로 적절하고 또 가혹한 책이 아닐 수 없다. "살아야 한다고? 일단 태어난 이상 살아야만 한다고?" 장 아메리의 물음은 삶과 죽음에 대한 나의 의문과 일치한다. 어째서 계속해서 살아가야 하지? 나는 여지껏 대답하지 못하고 계속해서 살아왔다. 아무 이유 없이 살아야 한다니. 그리하여 결국에는 태어난 것을 원망하면서.

2

어쨌든 매일 죽지 않고 살아 있으려고 노력한다. 살아 있기 위해서가 아니라 죽지 않기 위해서. 그런데 요즘은 질문의 국면이 바뀌었다. 매일 쓸 수 있을까? 혼자서 멍하니 있다가 불쑥 나에게 질문한다. 일단 쓰는 것을 시작하고 나면 매일 쓸 수 있을까? 대답은 없다. 매일 쓰는 일은 두렵기 때문이라는 것을 안다. 두려운 것에 나는 반응하지 않는 사람이다. 그러면 나를 똑바로 응시하는 두려움과 눈 마주치지 않을 수 있다.

글을 매일 쓰지 않은 지는 이 년쯤 되어간다. 글을 쓰는 일이 나를 죽이려고 달려드는 것만 같아서 곧장 멈추었다. 어쨌든 살아 있자고 생각하며 쓰기를 멈춘 것이다. 쓰지 않는 일은 매우 편리했다. 써야 한다는 숱한 요구를 거절하고 아무것도 쓰지 않는 삶은 짜릿했다. 매일 글을 쓰고 살았다는 게 처음 한동안은 억울하기까지 했다. 그러니까 나는 지난 이 년간의 짜릿함을 두고 다시 매일 쓸 수 있을까 스스로에게 질문하고 있는 것이다. 처음에 나는 조금씩 고개를 들어 나를 쳐다보고 있는 저 질문을 짐짓 모른 척했다. 질문이 나를 쳐다볼 때 나는 허공을 응시하면 그만이다.

매일 쓸 수 있을까?

죽지 않고 매일 살 수 있을까?

두 개의 질문이 저마다의 의견을 가지고 서로 다른 표정으로 나를 쳐다본다. 나는 쏟아지는 폭우에 담배를 피우며 딴청을 피운다. 봐. 지금 내가 살아 있는 걸. 게다가 결국 쓰고야 말걸. 누군가 내게 그렇게 하라고 한 것은 아니지만 내가 그렇게 하고야 말걸. 하지만 지금은 새벽 네 시야. 나는 좀더 자야 해. 매일 밤 자정이 되면 취침약을 먹고 네 시간쯤 잠들었다가 느닷없이 깨어나 담배를 피운 지 오래되었다. 아니, 마치 평생을 그렇게 살아온 것 같다. 건실한 사람들이 자신의 루틴을 지키는 것처럼 나는 새벽 네시에 일어나 담배를 두어 대 피운다.

새벽의 담배는 정말로 맛이 있다. 문득 잠에서 깨어나 어두운 새벽에 담배를 피우고 있으면 내가 죽어 망자들의 세계에 온 거라는 공상에 빠져들곤 한다. 죽어서도 담배를 피울 수 있다니. 망자들은 서로의 눈에 보이지 않고. 나는 혼자서 우두커니 앉아 두번째 담배에 불을 붙인다. 아, 죽어서도 담배를 피울 수 있다니. 죽음은 좋은 것이구나. 나는 생각한다.

그런 뒤 나는 협탁 위에 미리 꺼내놓은 작디작은 수면제 한 알을 먹는다. 그러면 세 시간쯤 더 잘 수 있다. 나의 가장 먼 미래는 아침이다. 아침에 만나. 나는 나에게 작별 인사를 건넨다.

3

사람이 너무 죽고 싶은데 그것을 참으면 계속 자게 된다. 평소에 아무리 자려 해도 잠이 오지 않아 꼬박꼬박 수면제를 먹는 사람이 하루에 스무 시간 정도는 거뜬히 잘 수 있게 된다. 수면욕은 그렇고. 식욕과 성욕은 완전히 사라진다. 내 취침약 봉지에는 입맛을 좀 돋우어주는 약이 들어 있다. 옅은 레몬빛을 띠고 타원형이며 수술 후 입원 환자들의 식사를 돕는 역할을 하기도 한다고 들었다. 식욕은 그렇고. 성욕을 돋우어주는 약은 들어 있지 않다. 세상에 그런 약이 있는지는 모르겠다. 나는 상담의에게 식욕이 너무 없고 음식을 생각하면 싫기까지 하다고는

했지만 없어진 성욕을 되찾고 싶다는 말은 하지 않았다. 상담의는 '음식을 생각하면 싫기까지 하다'는 나의 상태를 내버려두면 안 된다고 했다. 증상이 심해지면 음식을 거부하는 정도까지 갈 수 있다고. 성욕은 어떨까? 없으면 없는 대로 내버려두어도 될까? 성욕을 돋우어주는 약도 있을까? 있다면 나는 그것을 먹어야 할까?

성욕이 없어도 사람은 어찌어찌 살아진다. 하지만 식욕이 없다면 살아지지 않는다. 아무것도 먹지 않고 하루에 스무 시간을 자면서 한 달쯤 살고 나면 체중이 급격하게 줄어들고 운신하지 못하게 된다. 문제는 그대로 죽을 것이 아니라는 데 있다. 평소와 같이 운신하며 살아가기 위해서 한 달이 아니라 짧게는 일 년 길게는 이 년 가까이 노력을 해야 한다.

노력.

내가 정말 싫어하는 것.

그러니 분짜 이야기를 하도록 하자. 내가 좋아하는 것. 나는 하노이 항만 거리의 분짜를 좋아한다. 분짜를 매일 먹어야 하기 때문에 분짜를 매일 먹을 수 없는 사람과는 하노이에 함께 있지 못할 것이다. 오늘도 나는 분짜를 먹었다. 어제도 분짜를 먹었다. 그제는 말할 것도 없겠다. 어제 먹었는데 오늘도 먹고 싶은 것. 나는 그것을 분짜라고 부른다.

분명 상담의가 처방해준 약은 효과가 있긴 했다. 더디지만 차차 조금씩 음식을 생각해도 역겹거나 하지 않았다. 그래도 무언가를 먹고 싶다는 생각은 들지 않았다. 그래서 매일 배가 안 고팠으면 하고 간절히 바랐다. 다만 내가 이 년 가까이 체중을 회복하는 데 노력했으므로 다시는 전과 같은 상태로 돌아가고 싶지 않았다. 그래서 먹었다. 무엇이든 그때 먹을 수 있는 것을 하루에 한 번 반드시 먹었다. 그러다 문득 하노이 생각이 났다. 내가 식욕을 잃기 전에 갔던 곳. 무언가를 먹을 때마다 세상에 이렇게 맛있는 게 있다니 감탄했던 곳. 나는 하노이에서 먹은 것을 다시 먹고 싶었다. 이 년 만에 찾아온 강력한 식욕이었다. 그래서 나는 하노이에 갔다. 단지 먹고 싶은 것을 먹기 위해서 갔다. 다른 이유는 없었다.

4

그것은 지난 5월의 일이었다. 하노이에서 나는 먹고 싶은 것을 실컷 먹었다. 그러고 나서 한국으로 돌아갔는데 하노이 생각을 멈출 수 없었다. 그래서 매일 하노이를 생각했다. 땀을 뻘뻘 흘리며 먹고 싶은 것을 먹으러 가던 길을 생각했다. 자려고 불을 끄고 누우면 눈을 감고 하노이에서 걷던 환한 길을 걸었다. 그렇다. 나는 충분히 먹지 못했다. 그런 것이다. 그렇다면 다시 하노이에 가자. 며칠 눈을 감고 하노이의 구석구석을 걷던 나는 비행기 표를 또 한번 끊었다.

꼬박 한 달만의 일이다. 나는 지금 하노이에 와 있다. 그 사이 나흘이 흘렀고 어떤 것은 충분히 먹었으며 어떤 것은 더는 먹지 않아도 되겠다는 마음이 들었고 사십 도 가까이 오르는 한낮의 햇빛 아래서 현기증이 나도록 걸어다녔다. 그러다 더는 못 걷겠다 싶으면 손을 들어 힘껏 그랩을 불렀다.

베트남은 알다시피 오토바이가 많이 다닌다. 그랩은 택시처럼 이용할 수 있는 오토바이다. 길가에 서 있다가 초록 옷과 초록 헬맷을 쓴 사람의 오토바이가 지나가면 손을 번쩍 들면 된다. 구글맵을 열어 목적지를 보여주고 얼마냐고 물어보면 어떤 기사는 베트남 동으로 피프티라고 하고 어떤 기사는 원 헌드레드라고 하고 어떤 기사는 투 헌드레드라고 한다. 투 헌드레드라고 하면 무조건 타지 말도록 하자. 거리가 멀다 싶으면 원 헌드레드도 괜찮다. 피프티라고 말하는 기사는 별로 없다. 내가 관광객이어서 그럴 것이다.

베트남 동은 0 세 개를 빼고 말한다. 0이 어찌나 많은지 처음에는 돈 계산을 못해서 안절부절했지만 이제는 여러 지폐들을 척척 조합해서 낼 줄 알게 되었다. 그래서인지

어제는 택시 기사가 미터기의 나인틴을 원 헌드레드 나인티라고 계속 우겨서 투 헌드레드를 내고 내린 것이 못마땅하지만 여행중에는 그런 날도 있는 거니까. 나쁜 기사 같으니라구. 어딜 가든 나쁜 사람이 있고 나쁜 사람은 나쁜 사람이기에 조금도 거리낌이 없다.

분명 싸웠을지도 모르는 일이다. 어제의 내가 아니었다면 나는 싸웠을 것이다. 지금의 나는 아무와도 싸우고 싶지 않다. 그래서 그냥 달라는 대로 주고 내렸다. 그나저나 낮에는 분짜를 먹었고. 저녁에는 무얼 먹을까. 기왕이면 관광객이 없는 곳에서 내가 모르는 베트남어에 귀를 기울이며 천천히 밥을 먹을 수 있다면 좋겠다. 나는 한국 사람들이 베트남에 와서 도무지 알 수 없는 우월감을 가지고 베트남 흉을 보는 것이 싫다. 밥을 먹다가 그런 얘기가 들리면 조용히 해달라고 부탁하거나 그대로 일어나 나가고 싶은 것을 꾹 참는다. 지금의 나는 아무와도 싸우고 싶지 않기 때문이다.

5

나는 이제 싸우는 게 힘이 든다. 너무 오랫동안 싸우면서
살았다. 내가 무엇과 싸우면서 살았는지 지금은 쓰고 싶
지 않다. 다만 오래 싸웠고 끝이 났다고만 쓰고 싶다. 간
밤에는 홀가분한 마음이 벅차기도 하여서 혼자 울다 취
침약을 먹고 잠이 들었다. 싸우지 않는 마음이라는 것이
어떤 것인지 완전히 잊어버린 참이었다. 나는 너무 오랫
동안 싸우면서 살았다.

싸우는 사람은 싸우느라 너무 힘이 들어서 다른 것에는
자연히 무감해지려 한다. 그래야만 가까스로 살아갈 수

있기 때문이다. 그렇게 가까스로 살아 있는 사람의 마음은 아무것에도 반응하지 않고 시간을 흘려보낸다. 나는 한 달에 두세 번은 상담의를 찾아가 말했다. 좀더 무감하게 해주세요. 아무것도 느끼지 못하면 좋겠어요. 약을 먹으면 뒤척이지 않고 곧장 잠들었으면 좋겠어요. 상담의는 내 말을 곰곰이 듣다가 웃으며 말했다. 그건 마취예요. 그날은 나도 상담의를 따라 웃었다. 요즘도 가끔씩 그 말이 생각나서 피식 웃곤 한다.

어쨌든 긴 싸움도 끝이 났다. 하지만 너무 오래 싸운 나머지 끝이 났다는 것을 실감하지 못한 듯하다. 나는 그저 끝이 났구나 생각하면서 하노이행 비행기를 탔다. 그리고 며칠을 걷다가 알아차렸다. 내 마음이 더없이 무감하다는 것을. 내 무감한 마음이 하늘도 나무도 창문도 보지 않는다는 것을. 그렇게 며칠을 걷다가 또 알아차렸다. 창문 너머에 사람이 살고 있다는 것을. 빨래를 널고 화분에 물을 주고 있다는 것을. 나는 오랫동안 빨래도 하지 않고 화분에 물도 주지 않았다는 것을.

다시 집에 돌아가면 나는 빨래를 하게 될까? 없애버린 화분들을 다시 들이게 될까? 부엌에서 밥을 짓고 설거지를 하게 될까? 나는 내가 그랬으면 좋겠다. 아직은 무섭지만 내일은 무얼 할까 생각할 수 있다면 좋겠다. 아침에 일어나 분노에 휩싸이지 않고 책을 펼칠 수 있다면 좋겠다. 해가 지면 곧장 눕지 않고 무엇이든 재미난 걸 하면 좋겠다. 나는 내가 지금 하노이에서 힘차게 걷는 것처럼 한국에서도 오래오래 걸었으면 좋겠다. 우연히 만난 풍경과 사람에 사로잡혔으면 좋겠다. 뷰파인더에 한쪽 눈을 대고 있다가 숨을 참고 셔터를 눌렀으면 좋겠다. 첼로를 다시 꺼내 배웠으면 좋겠다. 내가 숨을 쉬고 있다는 것을 의식하지 않았으면 좋겠다. 숨을 쉬고 있다는 것에 집중하지 않았으면 좋겠다. 그저 살아 있으면 좋겠다. 살아 있는 것을 흉내내느라 스스로 지치지 않았으면 좋겠다. 죽고 싶다는 생각은 그만 하면 좋겠다. 빨래를 개서 가지런히 제자리에 놓고 방문을 닫으면 좋겠다. 화분에 물을 주면 좋겠다. 밥을 짓고 설거지를 하면 좋겠다. 저녁약은 안 먹어도 되면 좋겠다. 아침약을 먹고 하루를 잘 보내면 좋겠다. 자다 깨어 담배를 피울 때 시를 떠올리면 좋겠다.

6

나는 시를 쓴다. 다른 세계를 만들어 내가 살고 있는 세계에서는 하지 못하는 경험을 하기 위해 시를 쓴다. 그러므로 시는 내게 인공적인 행위이다. 다른 세계는 어쩌다 갑자기 생겨나지 않고 내가 애써 만들어야 하기 때문이다. 그것이 저절로 생겨나는 것이면 좋을 텐데. 힘들어서 하는 말이다. 여기에 없는 다른 세계를 만드는 건 여기에 있는 나를 전부 소진해버리는 일이다. 하지만 나는 내가 만든 세계에서 여기서는 절대로 하지 못할 경험을 한다. 그래서 그만두지 못한다. 마치 중독된 것처럼 계속해서 다른 세계를 찾는다. 나는 여기서의 삶만으로는 도무지 살아갈 수 없다.

생각으로는 매일같이 다른 세계를 만들어내고 싶다. 매일 다른 세계를 하나씩 만들 수 있다면 얼마나 좋을까. 그러니까 매일 시를 한 편씩 쓰는 사람이라면 얼마나 좋을까. 무얼 어떻게 해야 매일 다른 세계를 만들 수 있을까. 음악을 듣다가 운전을 하다가 가만히 앉아 있다가 담배를 피우다가 벌렁 누웠다가 박차고 일어났다가 영화를 보다가 전시를 보다가 연극을 보다가 이제는 영영 못 쓸 것 같다가 어느 날은 희한하게 한 편을 쓰기도 하여서 나는 시 쓰는 일을 멈추지 못하고 있다.

시를 계속 쓰려면 남의 좋은 것을 많이 보아야 한다. 이 세상에는 좋은 것을 만들어내는 사람들이 많이 있다. 그러나 좋은 것을 보려면 나의 몸과 마음이 좋아야 한다. 그래야 몸을 움직이고 마음을 작동시킬 수 있다. 내가 그랬지? 몸과 마음이 좋지 못해서 누워만 있었지? 계속 잠만 잤지? 방문 밖에서 고양이가 울어도 내다보지 않았지? 어느 날 잠에서 깨어보니 일어설 수 없었지?

돌이켜 생각하면 아득하기만 하다.

그러니 매일 시를 쓰면 좋겠다는 욕심은 갖지 말도록 하자. 어느 날은 쓸 수 있고 어느 날은 쓸 수 없음을 받아들이자. 쓸 수 없는 날에는 남의 좋은 것을 보도록 하자. 무엇이 좋은지 또 무엇이 나쁜지 분별하도록 하자. 그리고 나도 좋은 것을 만들자. 부디 그렇게 하자. 다시는 그렇게나 오래 잠들지 말자.

나는 나에게 당부한다.

7

그러고 보니 취하지 않고서는 잠들지 못하던 때가 있었
는데. 나는 '알코올의존증'이라는 말이 마음에 들지 않아
서 잠들기 위해 술을 먹는 것을 그만두었다. 대신 수면제
를 먹는데 술을 먹던 때보다는 마음이 훨씬 가뿐하다. 매
일 밤 잠이 들 때까지 술을 먹지 않아도 되기 때문이다.
그래도 하노이에 와서는 맥주 한 캔씩 마시고 침대로 가
눕는다. 하루의 여행을 마치고 샤워를 하고 맥주캔을 딸
때의 기분이란.

나는 혼자 마시는 술을 좋아한다. 술을 마시면 심장이 빨

리 뛰고 얼굴이 붉어져서 나 아닌 사람과 있는 것이 그다지 편하지 않다. 게다가 나는 술을 마시며 나눌 이야기라는 것을 평소에 가지고 있지 않다. 술을 마시면 마실수록 입은 천근만근이 되고 머릿속을 가득 채우고 있던 생각들이 하나둘 자취를 감추기 시작한다. 그러니까 나쁜 생각들. 증오와 살의 같은 것들이 사라지고 마침내 머릿속이 텅 비는 바로 그 감각. 나는 내가 사라지는 감각에 취해 술을 마셨다.

지금은 사라지고 싶지 않다.

또렷하게 있고 싶다.

8

영화를 좋아하는 나는 외국에 가면 극장엘 꼭 가보고 싶어한다. 8월 영화관. Thang 8. 영어로는 어거스트 시네마라고 적혀 있는 곳. 이름이 참 예쁘기도 하지. 지도를 이리저리 살피다 숙소에서 멀지 않은 곳에 극장이 있기에 마음먹고 찾아갔다가 사진만 찍고 돌아왔다. 보려는 사람이 나뿐이어서 영화를 상영하지 않는단다. 사람이 어느 정도 모이면 그때 결정한다고 했다. 글쎄. 기다린들 사람들이 영화를 보러 올 것 같지 않았다. 베트남의 영화표는 어떻게 생겼는지 꼭 보고 싶었는데. 오래 간직하고 싶었는데.

나는 영화를 좋아한다. 모든 영화를 좋아하는 것은 아니고. 그중에 스릴러와 호러를 특히 좋아한다. 괄호 열고. 사람을 죽이기 때문이다. 괄호 닫고. 비극을 바라보는 순간을 즐기는 마음을 무어라 명명해야 할지 모르겠다. 영화에서의 복수는 곧 사적 복수다. 법으로는 금지된 것. 그러나 반드시 해야만 하는 것. 관객들은 복수가 성공하기를 숨죽여 지켜본다. 저 자를 반드시 죽여야 해. 현실에서는 허용되지 않는 생각이 폭발한다.

그래서 나는 실제로 죽었으면 좋겠는 사람이 있다는 것에 죄책감을 느낀다.

하지만 나는 네가 죽었으면 좋겠다.

그리고 너도.

9

영화를 찍을 때는 세상을 가로로 보게 되는데 책을 쓸 때
는 세상을 세로로 보게 된다. 나는 뷰파인더의 세로변을
길게 하고서 거기에 눈을 댄다. 그럴 때 뷰파인더의 바깥
은 보이지 않는다. 나는 뷰파인더 안에서 잠시 동안 변화
하는 세상을 바라보다가 어느 순간 셔터를 누른다. 카메
라는 신기한 도구다. 바로 그 순간을 정지시키고 필름에
새긴다. 그러면 그 순간을 인화지에 옮길 수 있다.

처음에 나는 하노이적인 순간을 담으려고 했던 것 같다.
이를테면 농을 쓰고 지나가는 사람들, 바닥에 쪼그려앉

아 과일을 깎는 사람들. 그러다 차츰 나는 그저 눈앞에 드러나는 순간에 매료되어갔다. 이를테면 우산에 얼굴이 가려진 사람…… 거대한 풍선을 들고 가는 행인…… 밤의 초소에 서 있는 경찰…… 나를 보고 웃는 낯선 사람…… 어린아이를 태우고 달리는 오토바이…… 비눗방울을 보며 뛰어오르는 아이들……

하노이를 걷는 일은 뜨거운 햇빛에 몸을 녹이는 일이다. 그렇게 며칠을 걷다보면 햇빛이 몸을 관통해버린 것 같은 느낌에 사로잡힌다. 그리고 한없이 잠이 쏟아진다. 나는 그리하여 하염없이 잔다. 자고 일어나 쓰다 만 페이지를 열고 글을 쓴다. 이렇게 글에 몰두하는 것 또한 오랜만의 일이다. 나는 하노이에 와서 처음에는 몸을 녹이고 그다음에는 마음을 풀고 그렇게나 두려워하던 글을 쓰기 시작했다.

지금도 두렵긴 마찬가지지만 전과 다른 게 있다면 쓰고 있다는 것이다. 나는 쓰고 있다. 걷고 마시고 먹고 바라보고 생각하고 그러다 떠오르는 문장이 있으면 노트에 옮겨 적는다. 그러고는 노트를 곰곰이 바라본다. 이 문장이 글이 될 수 있을까?

그렇게 길에서 문장을 수집한 나는 숙소에 들어와 노트북을 켜고 옮겨 쓰기를 한다. 그러면서 앙상한 문장에 살을 붙여 나의 모습이 되도록 한다. 그런데 글이 나의 모습이어야 할까? 나는 새로운 고민에 빠진다. 전혀 다른 모습일 수는 없는 걸까? 그렇다면 오늘 숙제는 이 질문이 되겠다. 오늘치의 길을 걸으면서 내가 뭐라고 대답하는지 귀기울여볼 일이다.

나는 몸을 씻고 옷을 입고 가방에 수첩을 넣고 카메라를 목에 걸고 여분의 필름을 챙겼는지 다시 가방을 확인하고 간밤에 잠들었던 침대를 바라보다가 숙소를 나선다.

part 2

나는 마음이 전부인 사람이 되어버렸고

10

며칠 동안 닌빈으로 가는 일에 대해 생각했다. 아침 여섯
시 기차를 타고 오후 네시 삼십분에 돌아오는 일정인데
아무래도 걱정이 되었다. 낯선 곳에서 열 시간을 보내는
건 내가 지난 몇 년 동안 해보지 않은 일이다. 여기서는 숙
소가 있기 때문에 언제든 마음이 힘들어지면 들어와 쉬
면 될 일이다. 하지만 닌빈에서는 그렇게 할 수가 없다. 나
는 며칠을 망설이다가 그래도 베트남의 기차를 타보고 싶
어서 닌빈에 가기로 마음먹었다. 만약 중간에 힘들어지면
거기서 숙소를 잡자. 그것이 나의 심중이었다.

느닷없이 마음이 힘들어져 하던 일도 다 멈추고 집으로 들어가기를 몇 년 동안 했다. 집에 가서 가만히 누워 있으면 차츰 괜찮아져서 다시 움직일 수 있었다. 하노이에서도 그랬다. 이곳저곳 발길 닿는 대로 돌아다니다가 마음이 덜컥 내려앉으면 숙소로 돌아와 웅크리고 누웠다.

새벽에 일어나 어느 정도 용기가 생기면 가보자는 마음으로 하노이역에 가서 여권을 보여주고 왕복 기차표를 끊었다. 호텔 프론트에 가서 새벽 다섯시에 하노이역으로 갈 택시를 예약하고 나는 일찍 잠이 들었다.

가와 갸. 그 사이 어디쯤의 발음을 짧게 내뱉는 것이 이곳 베트남어로 '역'이다. 가 하노이도 아니고 갸 하노이도 아니다. 가와 갸 사이에서 터져나오는 소리. 나는 그것을 택시 기사에게 말해본다. 택시 기사는 잠시 생각하다가 능숙한 발음으로 하노이역을 말한다. 나는 그렇다고 대답한다. 그런 뒤 택시 보조석의 미터기를 본다. 트웬티부터 요금이 시작되는 미터기. 좋다. 나는 안심하고 의자 깊숙히 자리를 잡고 앉는다.

어둠 속에서 출발한 택시의 앞유리로 점차 파랗게 밝아

오는 풍경이 흘러갔다. 언제 보아도 아름다운 장면. 눈을 깜빡이면 순식간에 사라지는 파랑. 하노이역에 내렸을 때는 사위가 완전히 밝아진 뒤였다. 기차가 출발하고는 긴장이 풀렸는지 까무룩 잠이 들었다. 설핏 깨어났을 때 기차는 멈춰 있었고 남딘역이라는 방송이 흘러나오고 있었다. 남딘. 나는 또 닌빈인 줄 알았지. 헐레벌떡 가방을 메고 막 출발하려는 기차에서 뛰어내렸다. 하마터면 역을 지나칠 뻔했잖아. 안도하며 역을 나왔을 때 무언가 이상하다는 생각이 들어 기차표를 꺼내봤다. 닌빈. 나는 잘못 내린 것이다.

텅빈 역전에서 한참을 기다리니 택시 한 대가 들어왔다. 나는 닌빈역으로 간다고 했다. 얼마쯤 걸리냐고 물으니 사십 분쯤 걸린다고 한다. 닌빈 오케이? 택시 기사는 고개를 끄덕였다. 나는 택시에 타자마자 미터기를 본다. 트웬티에서 시작한다. 오케이. 나는 하는 수 없이 택시를 타고 닌빈으로 출발했다.

11

닌빈에 도착해 가까운 노상 카페에 갔더니 기차의 같은 칸에 타고 있던 백인 커플이 앉아 있었다. 한 남자가 그들에게 어디로 가냐고 묻고 있었다. 그들은 모르겠다고 했다. 그러자 남자는 나에게 다가와 똑같은 질문을 했다. 웨얼 아 유 고? 아이 돈 노우 옛. 유 니드 오토바이? 아이 캔 낫 드라이브. 오케이. 위 해브 드라이버. 웨얼 캔 아이 고? 내가 묻자 남자는 손에 말아 들고 있던 지도를 테이블 위에 올려놓았다. 유 캔 고 히얼 앤 히얼 앤 히얼. 히얼 이즈 보트. 매니 매니 보트. 오케이. 나는 보트를 타러 가겠다고 했다. 그런 다음 계단을 걸어올라가야 하는 마운틴에 가겠다고 했다. 일단은 커피를 좀 마시고. 그는 드라이버와 오토바이의 요금이 포 헌드레드라고 했다. 오케이. 일단은 커피를 좀 마실게. 나는 커피를 마시며 담배를 피웠다. 백인 커플은 아침으로 짜조를 먹고 있었다. 그들의 배낭은 그들 몸만큼이나 컸다.

나는 커피를 마시며 프라이드 베지터블 누들을 먹었다. 보트를 타는 건 그렇다 치고 계단을 올라가는 산이 걱정이었다. 나는 계단을 올라가는 것을 정말정말 싫어한다. 계단이 끝도 없이 높게 솟아 있으면 어떡하지? 나는 최대한 늦게 프라이드 베지터블 누들을 먹었다. 중간에 내려오지 뭐. 나는 기가 막히게 맛있는 커피를 한 잔 더 시켰다.

그러면서 흘긋 보니 주인 아주머니가 보온병에서 커피를 따른 뒤 얼음을 붓고 있었다. 어쩐지. 맛이 있더라. 쿠바에서도 아침에 가득 만든 커피를 보온병에 담아두고 한 잔씩 따라 팔았더랬다. 나는 그 커피의 맛을 여전히 기억하고 있다. 약간의 설탕이 들어간 알싸한 커피. 어쩐지 고춧가루 향이 나는 것만 같은. 하노이로 돌아가기 전에 여기서 커피를 몇 잔 더 마시자. 나는 생각하며 오토바이에 올랐다.

12

살면서 다시는 오지 않을 곳에 머무는 일은 다짜고짜 마음을 먹먹하게 한다. 나는 커피를 마시는 내내 생각했다. 이곳에는 다시 오지 않겠구나. 이 맛있는 커피는 여기에만 있는 커피가 되겠구나. 나를 보고 웃는 주인 아주머니의 얼굴도 차츰 잊겠구나. 나는 아쉬워 그들의 사진을 찍었다. 그렇게 하면 잊지 않고 기억할 수 있다.

오토바이를 타고 달리는데 보트에 앉아 강 위를 떠다녀도 되는 날씨인가 싶었다. 아침 열시의 해가 예사롭지 않았다. 지금껏 뜨거웠는데도 그보다 더 뜨거울 수도 있구

나 싶었다. 한참을 달리다 갑자기 도착한 곳에서 얼결에
나는 입장료로 투 헌드레드 세븐티를 내고 구명조끼를
입고 보트에 올라탔다. 맙소사. 그늘 하나 없는 강을 보
트는 사람이 걷는 속도로 나아갔다. 어떡하지? 한 무리
의 오리가 강 위를 쪼르르 떠가고 있었다. 얼마나 걸리나
요? 나는 손차양을 하고서 물었다. 원 아워. 원 아워……
그래요. 알겠어요. 아니. 모르겠어요.

나는 한 시간 동안 햇빛에 바싹 구워진 채로 돌아왔다.
아주머니가 발로 노를 젓는 보트 위에서 나는 숨을 곳이
없었다. 내가 보트 의자 아래로 내려가 주저앉자 아주머
니가 농을 쓰라고 건네주었다. 처음 써보는 것이었다.

농은 아주 좋은 모자였다. 정수리로 내리꽂히는 햇빛을
완전히 막아주었다. 온몸이 새빨갛게 달궈진 채로 보트
에서 내린 나는 농을 파는 가게 앞에서 좀 망설였다. 하
나 사서 쓰고 다닐까? 다니긴 어딜 다녀. 어서 식당으로
가자. 나는 문을 연 식당들 중에서 가장 시원해 보이는
곳으로 서둘러 들어갔다. 그 어떤 식당에도 사람이 없었
다. 어쩌다 나는 여기에 와 있는 걸까? 돌아가는 기차 시
간까지는 다섯 시간이 남아 있었다.

13

나는 오토바이 기사에게 항 무아 뷰포인트에 데려가달라고 했다. 그는 말없이 오토바이에 올라탔다. 나도 따라 뒤에 올라앉았다. 오토바이는 십오 분 정도를 달려 도착한 울창한 숲 앞에 섰다. 여기서부터는 걸어가야 한다고 했다. 얼마나 걸어야 하냐고 물으니 아마도 삼십 분 정도는 걸어야 할 거라고 했다. 햇빛은 이미 눈을 똑바로 뜨고 있을 수 없을 정도로 뜨거웠다. 나는 너무 더워서 걷는 것은 못할 것 같다고 했다. 맞아. 정말 더워. 그가 대답했다. 산 말고 돌아볼 수 있는 다른 곳이 있냐고 묻자 그는 고개를 갸웃하며 난처한 표정이었다. 한참을 생각하더니 호아 루 올드 쿼터에 가겠냐고 물었다. 거기는 산이 아니냐고 내가 물었다. 그는 웃으며 아니라고 했다. 오케이. 호아 루 올드 쿼터에 갈게. 우리는 항 무아에서 다시 십오 분 정도를 달려갔다.

오토바이가 달리는 동안에 길에는 사람이 하나도 없었다. 문이란 문은 모두 열려 있는 집들이 빼곡하게 늘어선 골목을 오토바이는 빠르게 달려갔다. 거기서 나는 두 마리의 흰 닭과 세 마리의 커다란 소를 보았다. 골목을 빠져나오자 커다란 벌판이 펼쳐졌고 듬성듬성 돌로 지은 묘비들이 보였다.

어디에나 사람이 살고 있다고 생각하면 느슨하던 마음이 이내 선연해진다. 나는 왜 여기서 태어난 게 아닐까. 여기서 태어난 사람은 왜 내가 아닐까. 그는 아침에 일어나 제일 먼저 무슨 생각을 할까. 그는 무엇에 행복하고 무엇에 불행할까. 나처럼 은행에서 돈을 빌렸을까. 자주 일기를 쓰고 텔레비전을 보다 잠이 들까. 말 못할 비밀을 가졌을까. 누군가에게 괴롭힘을 당했을까. 사랑하는 사람이 있을까. 부모와는 사이가 좋을까. 지금은 어디에 있을까.

대답할 수 없는 생각들을 하는 사이에 기사는 호아 루에
도착했다고 했다. 어디든 돌아다니면 돼. 그럼 한 시간
뒤에 만나. 나는 멀어지는 오토바이를 보며 호아 루 올드
쿼터의 어느 공원에 우두커니 서 있었다.

공원에는 동그란 호수가 있고 호수 한가운데는 화려한
장식으로 지붕을 세운 사원이 있었다. 사원을 중심으로
호수를 둘러싸며 벤치들이 많이 있었는데 세상에 그늘진
곳이 하나도 없었다. 구시가지니까 조금만 둘러보면 카
페라도 하나 있겠지 생각했지만 구글맵을 켜고 보니 걸
어서 십오 분 거리에 있었다. 십오 분. 십오 분이라……
나는 한 발자국도 더 걸을 수 없었다.

14

호아 루 호수 광장에는 아주 큰 호아 루 호텔이 있다. 나는 거기로 들어가면 커피라도 한 잔 마실 수 있겠다 싶어 곧장 프론트로 가서 호텔 안에 카페가 있느냐고 물었다. 유니폼을 입은 직원이 고개를 흔들며 카페는 없다고 했다. 나는 저절로 이것참 곤란하다는 표정을 지어 보였다. 난생처음 보는 사람한테 이렇게 내 감정을 드러내다니. 밖이 너무 더워서 더이상 걸을 수가 없어. 그가 밖은 정말 덥다며 고개를 끄덕였다. 주변을 둘러보니 로비에 의자들이 몇 개 있었다. 저기에 좀 있어도 될까? 그는 어깨를 으쓱이며 그러라고 했다.

로비의 의자에는 경비원이 잠들어 있었다. 그리고 맙소사. 에어컨이 켜져 있었다. 나는 잠든 경비원에게서 몇 개 떨어진 의자에 앉아 에어컨 바람을 쐬었다. 한평생 시간이 지난 것 같은데 아직 오십 분은 기다려야 오토바이 기사가 올 터였다. 나는 세상 모르고 잠든 경비원처럼 팔짱을 끼고 눈을 감았다. 정말이지 천국이 따로 없네. 나처럼 바보 같은 여행자도 없을 것이고.

로비에 놓인 화려한 중국식 나무 의자는 크고 딱딱하고 무거웠다. 나는 신발을 벗고 의자 위에 올라가 웅크리듯 자리를 잡고 앉았다. 이렇게 아무것도 하지 않으며 낯선 곳에서 시간을 흘려보내도 되는 걸까? 길을 걷다 멈추면 모든 것이 하나가 되어 찰나를 만들고 나는 가만히 서서 순간 속에 머문다. 시간은 계속해서 흐른다. 나는 아무것도 붙잡지 못한다. 여기에 내 것은 아무것도 없다. 여기서 나는 아무도 아니다. 아무와도 깊은 대화를 나눌 수 없다. 오직 나만이 나와 이야기 나눌 수 있다. 내가 호아루 호텔을 떠날 때까지 경비원은 잠에서 깨지 않았다.

15

오후 세시쯤 나는 닌빈역 앞으로 돌아왔다. 오토바이 기사는 나를 처음 만났던 카페에 내려주었다. 또 한 시간이 남았네. 아침에 마셨던 기가 막히게 맛있는 커피를 주문했다. 가기 전까지 커피나 계속 마셔야지. 별 수 있나. 나는 담배를 피우며 커피를 마셨다. 한 모금 마실 때마다 정말이지 기가 막히다는 생각뿐이었다. 아마도 닌빈에 다시 온다면 이 커피를 마시기 위해서일 것이다. 다시 올 때는 동행이 있어도 좋을 것이다.

나는 다시 오지 않아도 이들은 매일 이렇게 커피를 팔고 있겠지 생각하면 당겨진 마음이 느슨하게 풀어진다. 살다보니 나는 마음이 전부인 사람이 되어버렸고. 이제 와 돌이켜 다른 사람이 되는 건 거의 포기했다. 노력해보지 않은 건 아니다. 마음 말고 소명을 따르는 사람. 마음 말고 루틴을 따르는 사람. 마음 말고 세상을 보는 사람. 마음 말고 타인을 보는 사람. 마음 말고…… 그러니까 나 말고 다른 것에 집중하는 사람이 되려고 했다.

하지만 나는 실패했다.

나는 마음이 아닌 소명을 따라 움직이는 사람을 동경한다. 고작 마음 때문에 루틴을 거스르지 않는 사람을 동경한다. 자기 마음을 들여다보는 대신에 세상을 통찰하는 사람을 동경한다. 타인의 슬픔을 제 것으로 가지는 사람을 동경한다.

언젠가 내가 다시 온다면 이들이 지금처럼 커피를 팔고 있으면 좋겠다.

16

오후 네시 반의 기차는 사람들로 가득차 있었다. 닌빈에
서 하노이로 돌아오는 기차는 침대칸만 남아 있는데 괜
찮냐던 매표원의 물음에 나는 아무 망설임 없이 좋다고
말했었다. 침대칸이라니. 처음으로 타보는 것이어서 두
근거리기까지 했다. 마침내 닌빈에서 하노이행 기차가
출발할 때 그래서 침대칸의 문을 열었을 때 나는 달리는
기차에서 뛰어내리고 싶었다.

코로나가 휩쓴 지난 몇 년간 달라진 것이 있다면 좁은 공
간에 낯선 사람과 함께 있기를 거리끼게 된 것이다. 사실

도가 넘는 거리에서 나는 도저히 마스크를 쓰고 다닐 수 없어 종일 벗고 있던 참이었다. 기차는 몹시 더웠고 마스크를 쓰자 숨이 막혔고 2층 침대가 마주보고 있는 침대칸은 한 평 남짓해 보였다. 들어가도 되는 걸까? 먼저 타고 있던 사람들이 나를 보자 마스크를 황급히 썼다.

나는 침대칸의 문을 다시 닫고 기차의 연결 통로에 잠시 서 있었다. 차창을 열고 담배를 피우는 사람과 함께. 좌석칸에 빈 좌석이 하나도 없는 걸 유리문 너머로 바라보면서. 모르겠다. 일단 들어가보자. 마침내 결심이 설 때까지.

17

침대칸에 들어간 나는 땀에 흠뻑 젖은 채로 체념하듯 누웠다. 앉아서 갈 때는 몰랐는데 모로 누워 있다보니 기차가 엄청나게 흔들렸다. 나는 위아래로 흔들리며 땀에 흠뻑 젖은 채로 눈을 감고 누워 있었다. 맙소사. 돌아오는 내내 나는 기차와 섹스하는 줄. 그것도 세 시간 내내. 쉬지 않고.

18

닌빈에서 하노이로 돌아오며 온통 생각한 것은 내가 다시 섹스할 수 있겠다는 것이었다. 아무리 애를 써도 돌아오지 않던 성욕이 좁고 덥고 쉼없이 흔들리는 기차 안에서 돌아오다니. 사는 일은 정말이지 예측할 수가 없다.

침대칸에서는 옅은 망고 냄새가 났다. 길을 걷다가도 자주 그 냄새는 코끝에 훅 끼쳐오곤 했다. 느닷없이 오토바이들이 질주하는 도로 한복판에 서 있어도 엘리베이터를 타도 화장실을 가도 나는 언제나 옅게 깔린 망고 냄새를 맡을 수 있었다. 나는 기차 안에서 그것이 어떤 냄새인지를 알아차렸다. 망고 냄새는 달큰한 살냄새를 닮았구나. 살갗과 살갗이 서로를 스칠 때 나는 냄새.

살의에 가득차 있던 마음이 살의 보드라운 감촉을 기억해 내고서 그날 밤 나는 몇 시간이고 멈출 줄 모르고 울었다. 밤의 발코니는 그래도 괜찮은 공간이었다. 아무도 없고 나밖에 없는. 마음껏 담배를 피우고 맥주를 마실 수 있는. 누구도 내가 이 순간 울고 있다는 것을 알지 못하는.

나는 혼자서 울고 밖으로 나갈 때는 웃는 사람이다. 밖에서도 울던 시절이 있었지만 그런 날들을 지나왔다고 지금은 쓸 수 있다. 나는 밖으로 나갈 때 웃는다. 내가 우는 것을 아무도 모르게 한다. 만나는 사람 모두가 내가 울었다는 것을 알던 때가 있었다. 그런 날들을 용케도 지나왔다고 지금은 쓰고 있다. 나는 혼자서 울고 밖으로 나갈 때는 웃는다. 내가 웃고 있으면 아무도 나의 살의를 알아차리지 못한다. 누구도 나의 우울을 짐작하지 못한다.

나는 가끔씩 혼자서 울지만 나를 불쌍히 여기지 않는다. 나를 가여워하거나 불행히 여기지 않는 것이 지금까지 살면서 내가 만들어낸 것 중 가장 좋은 것이다. 이것은 내 것이다.

part 3

나는 왜 하노이에 왔을까

19

침대 칸에서 세 시간을 시달린 나는 하노이역에 도착해
그 혼잡함에 다시 한번 놀라버렸다. 정말 많은 짐과 정말
많은 사람. 어디로 움직여도 발걸음이 막혀버리는 혼돈
속에서 나는 간절히 이 장소를 벗어나고 싶다고 생각했
다. 지금 생각하면 그 혼돈을 카메라에 담지 않은 나 자
신이 원망스럽지만 이제 와 후회해봤자 무슨 소용. 그날
그 순간의 혼돈은 내 머릿속에만 담겨 있다. 박스를 짊어
진 사람들. 우는 아이. 우는 아이를 달래는 어른. 뛰어가
는 사내. 시계를 보는 여자. 에스컬레이터로 몰려드는 인
파들. 커다란 배낭을 짊어진 여행객. 역전의 광장을 가로

막은 수많은 호객꾼들. 택시? 오토바이? 택시? 택시! 오
토바이! 컴 온! 히어!

나는 정신없는 와중에 원 헌드레드부터 시작하는 택시에
올라탔고 피프티 정도면 갈 수 있는 거리를 투 헌드레드
를 내고서 내려야 했다. 나는 너무 피곤했고 기사와 실랑
이를 벌일 기운은 단 한줌도 남아 있지 않았다.

20

한국에 돌아와서는 이틀을 내리 잠만 잤다. 수면제 없이
는 못 잔다더니 이게 무슨 일이람. 자면서도 나는 글을
써야 한다고 생각했다. 글은 쓰기 전까지는 내 일이 아닌
것 같다가 쓰기 시작하면 당장에 내 일이 되어버린다. 지
금은 새벽 다섯시고 나는 자다가 갑자기 깨어서 글을 쓰
고 있다. 당장이라도 발코니에 나가 후덥지근한 공기 속
에서 담배 한 대를 피워 물 수 있을 것만 같은데 더이상
발코니는 여기에 없다.

자다 깨어 내가 써야 할 글에 대해 생각하는 것은 실로 오

랜만이다. 나는 한 문예지의 '문단 내 성폭력' 특집 꼭지에 글을 한 편 청탁받아 기고한 뒤로 긴 소송을 감내해야했다. 그때가 서른여섯 살이었으니까…… 꼬박 육 년을 소송과 함께 보낸 것이다. 나는 허위의 글을 써서 명예를 훼손했다는 혐의로 경찰서에 가서 조사를 받기도 했다. 만삭의 경찰은 고소장을 훑으며 나에게 물었다. 한국 문단의 대표적인 페미니스트 시인이신가요? 글쎄요. 나는 딱히 할말이 없었다. 고소인이 그렇게 표현했나요? 네. 유진목씨가 그렇다는데요.

그후로 가끔씩 나는 태연한 얼굴로 농담을 하곤 한다. 나는 한국 문단의 대표적인 페미니스트 시인이야!

자다 깨면 나는 분노와 살의에 가득차서 소송과 관련해 해야 할 일들 그러나 하기 싫은 일들 끝이 보이지 않는 일들 영원히 계속될 것만 같은 일들에 대해 생각했다. 글을 쓴다는 것은 엄두도 내질 못했다. 나는 소송의 끝인 선고를 듣자마자 하노이로 떠났다. 나는 재판에서 모두 이겼고 상대는 내게 허위적시 명예훼손으로 손해배상을 하라는 판결을 받았다.

하지만 하노이에 도착해서 반나절을 걷다가 맨 처음 알아차린 것은 이 사람들은 아무것도 모른다는 것이었다.

아무도 모르는 일 때문에 육 년을 시달리며 살았다니. 기분이 이상했다. 아무도 모르는 일 때문에 수천만 원을 들여가며 몸과 마음이 피폐해지는 일에 매달렸다니. 이렇게 아무도 모르는데. 나는 그저 모른 척하고 지나갈 수는 없었나? 수천만 원의 돈을 들일 만큼 내게 중요한 일이었나?

내가 속한 사회에서는 그랬다. 중요했다. 내가 소송에 지지 않고 판례를 만들어내는 일이 무엇보다 중요했다. 한국에서의 질문은 양상이 달랐다. 이걸 꼭 내가 해야 하나? 하고많은 문인 중에 왜 하필 나에게 이 싸움이 주어졌나?

자고 일어나면 내가 아니길 바랐다. 아니, 잠들면 깨어나지 않길 바랐다.

21

하노이에 있는 동안에 내가 가장 많이 걸어다닌 곳은 트랑 티엔 거리와 항 만 거리다. 지금도 집을 나서면 오토바이들이 가득한 로터리가 있고 거기를 천천히 가로질러 트랑 티엔 거리에 도착할 것만 같다. 제일 먼저는 아하 커피에 들어가 블랙 아이스 커피와 코코넛 스무디를 시키고 담배를 한 대 피울 것이다. 진한 블랙 커피를 한 모금 마시고 코코넛 스무디를 쭉 빨면 그 길로 천국에 갈 수 있다.

아하 커피는 하노이 골목 어디에나 쉽게 볼 수 있다. 그중에 트랑 티엔 거리에 있는 아하 커피는 크고 넓고 담배를 피울 수 있다. (중요) 코코넛 스무디의 얼음이 파삭파삭 녹지 않은 채로 나온다. (중요) 하지만 너무 더운 날에는 갈 수 없다. (중요) 에어컨이 없기 때문이다.

나는 트랑 티엔 거리에 있는 아하 커피와 홍녹 종합병원 근처에 있는 올 데이 커피에 자주 갔다. 올 데이 커피는 모든 문이 닫혀 있고 에어컨이 나온다. (중요) 39도가 넘어서는 날에는 아하 커피에 갈 수 없다. 멀더라도 오토바이를 타고 올 데이 커피에 가야 한다. (아하 커피에 앉아서 금세 얼음이 녹아버린 커피를 마시고 화장실에 가려고 일어났다가 현기증이 나서 주저앉은 뒤로 너무 더운 날은 꼭 에어컨이 나오는 카페에 갔다.)

올 데이 커피에서는 깍둑썰기한 망고가 가득 들어 있는 레몬 아이스티를 두세 잔씩 들이켜고서야 나오곤 했다. 컵에 꽂혀 있는 기다란 스푼으로 잘 익은 망고를 떠 먹는 재미도 쏠쏠했다. 홍녹 종합병원은 트랑 티엔 거리에서 삼십 분쯤 걸어야 도착한다. 나의 숙소는 트랑 티엔 거리에 있었다. 5월에 갔을 때만 해도 삼십 분쯤 걷는 것은 할 만 했는데 6월의 하노이는 도저히 불가능했다. 노트북을

책가방에 넣고 숙소를 나설 때면 그랩을 잡아 타고 홍녹 호스피탈에 가자고 했다. 호스피탈. 기사들은 대체로 나의 발음을 알아듣지 못한다. 하스피털. 역시 고개를 갸웃한다. 구글 맵을 열고 보여주면 그제야 무슨 무슨 홍녹이라고 말하며 고개를 끄덕인다.

홍녹 종합병원은 하노이에서 출국할 때 반드시 들러야 하는 곳이다. 거기서 피씨알 검사를 하고 네거티브 결과지를 받아야 공항에서 출국 수속이 가능하기 때문이다. 오전에 가서 검사를 받으면 오후에 결과가 나온다. 오후에 검사를 받으면 다음날 결과가 나온다. 그러니 출국 전날 가서 검사를 받으면 된다.

하노이를 걷다가 아하 커피가 나오면 반드시 들어가 블랙 아이스 커피를 시키도록 하자. 초콜릿 맛이 진하게 혀끝에 감도는 맛있는 커피를 마실 수 있다. 하노이를 걷다가 올 데이 커피를 만나면 반드시 들어가 후레시 망고가든 레몬 티를 시키도록 하자. 분명 한 잔 더 시켜서 마시게 될 것이고 구글 맵에 위치를 표시해두었다가 다시 들르게 될 것이다.

22

어디로든 멀리 갔다가 그랩이나 택시를 타고 트랑 티엔 플라자로 가자고 하면 기사들은 무조건 알아듣는다. 구글맵을 열어서 보여줄 필요도 없다. 뜨랑 띠엔 쁠라자. 이것이 그들의 발음에 좀더 가깝다. 바딘구나 서호에 갔다가 뜨랑 띠엔 쁠라자가 있는 거리로 돌아올 때의 안도감. 집으로 돌아왔다는 기분. 이제 몸을 씻고 책을 읽거나 영화를 보거나 글을 쓰면 되는 밤의 편안한 기분을 나는 뜨랑 띠엔이라는 글자를 통해 여전히 느낄 수 있다. 그리고 여전히 뜨랑 띠엔 숙소의 8층 801호 침대에서 글을 쓰고 있다는 착각에 빠져든다. 코니퍼 호텔은 하노이

에 갈 때마다 묵고 싶은 숙소다. 나는 그곳에서 3주간의
시간을 보냈다.

내가 숙소를 정하는 가장 첫번째 조건은 발코니가 있어
야 한다는 것이다. 담배를 피워야 하니까 발코니가 없이
장기간 투숙하는 것은 정말이지 곤란한 일이 아닐 수 없
다. 두번째 조건은 번잡하지 않은 곳이어야 한다. 그렇다
고 자주 가는 장소들에서 너무 멀리 떨어져 있어도 안 된
다. 도보로 이십 분 내외의 거리 안에서 가장 한적한 곳
에 발코니가 있는 숙소를 찾는다. 그리고 마지막으로 네
이버에 검색을 해본다. 한국인의 리뷰가 없다면 망설임
없이 선택한다.

언제고 다시 하노이에 간다면 코니퍼 호텔에 묵을 것이
다. 8층 객실에 짐을 풀고 얇고 가벼운 옷으로 갈아입고
카메라를 목에 걸고 뜨랑 띠엔 거리를 향해 익숙하게 걸
어갈 것이다.

뜨랑 띠엔 거리는 주말에 차 없는 거리가 된다. 대신 아
이들이 탈 수 있는 작은 전기 자동차들이 거리에 즐비하
다. 아이들은 소방차나 경찰차, 지프 모양의 전기차를 타

고 여느 때와 달리 텅 빈 거리를 삐뚤빼뚤 달린다. 어묵이나 소세지 꼬치를 파는 행상들도 저마다 자리를 잡고 있다. 거대한 풍선더미에 얼굴이 가려진 행상들. 느릿느릿 걸어가는 사람들. 어디선가 들려오는 커다란 노래 소리. 사람들의 손에 들린 아이스크림이 바닥으로 뚝뚝 흘러내린다.

뜨랑 띠엔에서 이어지는 호안끼엠 역시 차 없는 거리가 된다. 거기서는 큰 무대를 세운 공연이 열리고 곳곳에 같은 옷을 차려입은 아주머니들이 동그랗게 마주보고 아주 큰 노래에 맞춰 춤을 추고 한 곡이 끝나면 손을 높이 들어 박수를 친다. 나는 한 걸음 물러서서 바라보다가 나대로 노래에 맞춰 몸을 흔들며 춤을 춘다. 아주머니들이 까르르 웃으며 자리를 내어준다. 온몸이 땀에 흠뻑 젖고 나서야 나는 춤을 추길 그만둔다.

23

혼자서 춤을 추다가 여럿이 춤을 추면 절로 웃음이 나온
다. 나는 혼자서 매일 춤을 춘다. 혼자서 춤을 출 때는 웃
지 않는다. 나는 밤의 호안끼엠 거리를 걷다가 커다란 스
피커에서 울려 나오는 음악에 맞춰 같은 동작으로 춤을
추는 사람들에 섞여 내 멋대로 춤을 추곤 했다. 춤을 추
는 사람들은 그런 나를 동그랗게 둘러싸며 박수를 치거
나 크게 웃어주었다. 그렇게 한바탕 땀을 흘리며 호안끼
엠을 따라 크게 한 바퀴를 돌고 숙소로 돌아가 맥주를 한
잔 마시는 일이 저녁 산책의 즐거움이었다.

저녁의 호안끼엠에는 사람이 많다. 달리기를 하는 사람. 벤치에 앉아 아이스크림을 먹는 사람. 걷는 사람. 자전거를 타는 사람. 보드를 타는 사람. 춤을 추는 사람. 과일을 깎아 파는 사람. 음료수를 파는 사람. 핸드폰으로 영상통화를 하는 사람. 음악을 듣는 사람. 노래를 부르는 사람. 집으로 돌아가는 사람. 저녁을 먹으러 가는 사람. 맥주를 마시는 사람. 개를 산책시키는 사람.

그리고 나.

돌아갈 날짜를 세어보며 아직 머물 시간이 많이 있다고 안도하는 사람. 한국에서의 일들이 멀게만 느껴지는 사람.

하지만 나.

~~'문단 내 성폭력' 가해자의 보복성 고소로 경찰서에 출석해 조사를 받았던 사람. 허위적시 명예훼손 고소에 '혐의 없음' 처분을 받은 사람. 가십으로 입에 오르내린 사람. 가해자의 허위적시물에 손해배상 판결을 받아 승소한 사람. 포기하지 않은 사람. 끝까지 버틴 사람. 아무도 모르더라도 내가 알기 때문에 싸운 사람. 그냥 잊어버려~~

라고 할 때 잊지 않은 사람. 끝까지 싸워 이긴 사람.

24

살아 있어야 한다고 매일 생각하지 않을 수는 없는 걸까.
살아 있어야 한다는 강박적인 생각으로부터 벗어나기 위
해 나는 하노이에 온 것은 아닐까. 아마 맞을 것이다. 나
는 하노이에 도착해 단 한 번 내가 호텔에서 죽어 썩어가
는 모습을 상상하고서 완전히 그것을 잊어버렸다. 하노
이에서 침대는 다행히 죽어가는 장소가 아니라 잠을 자
는 장소로서만 존재했다. 나는 그것이 좋았다.

나는 어딜 가든 그곳에서 내가 죽어 있는 모습을 상상하
는 버릇이 있다. 그것이 고약한 버릇인지는 모르겠다. 이

를테면 닌빈에서 기차에 올라타 침대칸의 문을 열어젖혔을 때 나는 곧장 거기에 죽어 있는 내 모습을 본다. 그런 뒤 살아 있는 내가 죽어 있는 나와 포개져 하나가 된다. 그런 다음 생각한다. 나는 살아 있다. 혹은 처음 도착한 호텔의 방문을 열고 들어갔을 때 나는 침대에 죽어 있는 나를 본다. 그런 뒤 살아 있는 내가 침대에 누우며 죽어 있는 나와 포개진다. 그런 다음 생각한다. 나는 아직 살아 있다.

대체 누가 이런 방식으로 삶을 이어간단 말인가? 어쩌면 나는 이 이야기를 책에 씀으로써 나와 비슷한 처지의 사람과 연결되고 싶은 것 같다. 그런 게 아니라면 타인에게 말할 것도 이렇듯 책에 쓸 것도 없으리라. 그저 나 혼자서 계속되는 죽음을 목격하며 살아가면 그만일 것이다.

모든 경험이 죽은 나로부터 시작해서 살아 있는 나로 전환되는 과정을 통과하며 발생하는 일은 살아 있음에 대한 감각을 증폭시킨다. 나는 **걷고 있다**가 아니라 **살아 있어서 걸을 수 있다**가 된다. 나는 **먹고 있다**가 아니라 **살아 있어서 먹을 수 있다**가 된다. 나는 **쓰고 있다**가 아니라 **살아 있어서 쓸 수 있다**가 된다. 나는 **읽고 있다**가 아니라 살아 있어서 읽을 수 있다가 된다. 나는 **듣고 있다**가 아니라 **살아 있어서 들을 수 있다**가 된다. 나는 **보고 있다**가 아니라 **살아 있어서 볼 수 있다**가 된다.

나는 **살아 있다**가 아니라 **살아 있어서 살 수 있다**가 된다.

25

살아 있는 사람에게 행운처럼 주어지는 여행. 나는 살아 있어서 여행할 수 있다. 죽어서도 여행할 수 있다면 나는 그렇게 할 것이다. 하지만 나는 죽으면 모든 것이 다 끝나기를 바라는 사람이다. 나에게 죽음은 태어나기 전과 같은 상태를 의미한다. 그럼에도 불구하고 죽어서도 여행할 수 있다면 나는 죽은 자로서 기꺼이 여행할 것이다.

26

하노이의 가로수들은 그 키가 무려 건물 칠팔 층 높이에 달한다. 나는 걷다가 자주 멈추어 서서 고개를 쳐들고 나무의 꼭대기를 올려다보곤 하였다. 나보다 오래 살아 있었을까? 나는 나무를 보면서도 살아 있음을 생각하고 만다. 어떻게 한 자리에 가만히 살아 있을 수 있을까? 나는 걷고 도망치고 달아나고 돌아오고 발버둥치고 떠나버리는데 나무는 한 자리에 가만히 있으면서 가지를 뻗고 잎을 틔운다. (앨리슨 호손 데밍은 "나무도 감각의 삶을 사는 걸까? 아니면 오직 인간의 마음에서만 나무와의 교감이 이루어지는 걸까?" 질문한 적이 있다.) 내가 하노이를

걸으면서 자주 한 일은 고개를 쳐들고 나무의 키를 세어
본 것이다.

1층… 2층… 3층… 4층… 5층… 6층… 7층… 8층…
9층… 와 정말 높기도 하다!

27

나무의 키를 가늠하는 사이에 창밖에 막대를 내어 건 빨
래들이 햇빛에 말라가고 누군가 창틀 너머로 몸을 내밀
어 담배를 피우기도 하고 무슨 일인지 일제히 새들이 날
아오르기도 한다. 나는 고개를 돌려 새들이 가는 방향을
쫓는다. 나는 갈 수 없는 곳에 새들은 간다. 나는 새들이
부럽다.

(새들은 인간이 부러울까?)

(아닐 것이다.)

저녁이 오면 사람들은 막대기를 조심스럽게 거두어들이며 빨래를 걷는다. 나는 숙소에 들어가 속옷을 빨아 발코니 난간에 널어둔다. 살아 있는 사람이 해야 하는 일. 빨래. 설거지. 밥 먹기. 잠자기. 친구와 이야기하기. 고백하기. 어떤 것은 비밀로 간직하기. 울음을 참기. 마침내 울음을 터뜨리기. 웃기. 속상해하기. 억울해하기. 노력하기. 포기하기. 용기를 갖기. 실패하기. 성공하기. 묵묵히 살아가기. 소리지르기. 가슴을 치기. 다독이기. 위로하기. 외면하기. 잊어버리기. 잃어버리기. 어느 날 떠올리기. 안도하기. 한숨 쉬기. 악몽에서 깨어나기. 그리하여 죽기.

28

나는 햇빛을 좋아한다. 그러나 6월의 하노이는 현기증이 날 정도로 뜨거웠다. 그래도 나는 그늘로 들어가고 싶지 않았다. 내가 절대로 속하고 싶지 않았던 그늘. 건물들 사이의 서늘한 골목들. 꼬릿한 냄새가 바람에 훅 끼쳐오는 후미진 구석. 윗도리를 벗은 남자들이 쪼그려앉아 거리를 바라보는 곳. 머리를 틀어올린 여자가 부채질을 하며 앉아 있는 곳. 어린아이가 서서 오줌을 누는 곳. 흩어져 놓인 야트막한 의자에 삼삼오오 앉아 사람들이 밥을 먹는 곳.

나는 그들을 지나쳐 계속해서 걸어갔다. 걷다가 배가 고프면 내가 좋아하는 식당에 들어가 쌀국수를 먹었다. 속옷까지 흠뻑 젖도록 땀을 뻘뻘 흘리며 국수를 먹다보면 세상 근심은 바닥을 드러내는 그릇처럼 깨끗이 사라진다. 잠시 밥을 먹으며 생각해보자는 생각 따위는 가당치 않다.

나는 왜 하노이에 왔을까. 왜 하노이일까. 어째서 자꾸만 하노이의 골목길을 걷는 것일까.

지금은 대답할 수 있다. 내가 있고 싶은 곳과 있고 싶지 않은 곳을 알기 위해서 온 것이다. 나는 밝은 곳에 있으면서 몸과 마음을 따뜻하게 하고 싶어 온 것이다. 무엇도 나를 압도하지 않는 곳에서 아무것에도 압도당하지 않고 단지 계속해서 살아보자는 마음 하나에만 순순히 이끌리고 싶어 온 것이다. 아름다운 것도 싫고 추한 것도 싫고 끝없이 펼쳐지는 자연이나 고도로 발달한 인간의 산물들에 감탄하는 것도 싫어서 온 것이다. 나는 그저 그늘이 아닌 밝은 곳에서 더이상 화내지 말고 분노에 차 있지 말자고 사십 도의 햇빛 아래 서서 다짐했다.

그나저나 사십 도를 넘나드는 날씨는 나를 완전히 잡아
먹은 분노를 가뿐히 태워 없애버리기에 알맞은 것이었
다. 사십 도는 그렇고…… 사십사 도의 날씨는 이러다
죽는 건 아닐까 걱정이 되기도 하였다.

하루에도 몇 번씩 죽음을 생각하는 사람이 죽을까봐 걱
정하다니?

그러니까 사십사 도의 날씨는 어떻게든 무사하고 싶은
날씨였다.

part 4

방안에서는 아무것도 잊히지 않는다

29

나는 하노이의 숙소와 거리에 깊이 조응한 나머지 지금
당장 그곳에 있을 수 있을 것 같은 착각에 빠진다. 아니
지금 나는 그곳에 있다. 호텔의 문을 열고 나오면 곧장
온몸을 휘감는 열기와 거리의 소음 한가운데 있다. 거기
서 왼쪽으로 방향을 틀어 뜨랑 띠엔 쁠라자 쪽으로 로터
리를 건너 오 분쯤 걸어가면 피자 4P's라는 식당이 나온
다. 나는 문을 열고 들어가 예약은 하지 않았고 한 사람
이라고 말한 뒤 좌석을 안내받는다.

나는 사나흘에 한 번씩 그곳에 가 오징어 피자를 시켜놓

고 책을 읽거나 글을 썼다. (오징어는 내가 좋아하는 음식 중 하나다.) 저녁이면 늘 붐볐고 한국 사람들도 종종 눈에 띄었다. 그들 눈에는 내가 보이지 않는 것 같았다. 하기사 나는 어디서든 눈에 띄지 않는 사람임에 틀림없다. 빛나는 사람들 사이에서 나도 가끔은 그들처럼 빛나고 싶다고 생각하면서 나는 조용히 혼자서 나의 존재를 인식한다. 그나저나 나조차도 나를 인지하지 못한다면 좋을 텐데. 내가 나인 걸 잊고서는 도무지 살아지지 않을 때 그래서 진절머리가 날 때 나는 콱 죽어버리고 싶고 그렇다고 죽을 수는 없고 동 틀 무렵이면 모르겠다 떠나야겠다 비행기표를 끊곤 했던 것이다.

어쨌든 나는 좋아하는 오징어가 잔뜩 올려져 있는 피자를 앞에 두고 책을 읽거나 글을 썼다. 다른 식당에 비해 음식값이 세 배는 비싸서 매일 가지는 못했다.

사람들은 보통 환율에 따라 물가를 인식하는 것 같은데 나는 즉시 그곳의 물가에 적응해버린다. 한국 돈으로 얼마라는 식의 계산은 하지 않는다. 그러니 하노이에서 오징어 피자는 정말로 비싼 음식이었다. 그래도 다음에 하노이에 간다면 또 먹고야 말 것이다. 그런데 내가 하노이를 또 가게 될까? 어쩌면 살면서 다시는 가지 않을 곳이 될까? 아니면 나는 마치 집 앞에 나온 것처럼 하노이의 골목을 다시 걷게 될까?

30

삶이 기다리는 일로 이루어져 있다면 기다리는 수밖에 없다. 삶이 경험하는 일로 이루어져 있다면 경험하는 수밖에 없다. 무언가를 기다리고 무언가를 경험하면서 살아가는 일을 살아 있는 동안에 하는 수밖에 없다. 아무것도 하지 않고 살아갈 수도 있을 것이다. 그러는 동안에 인간은 나이가 들고 육체가 쇠락하고 병들다가 죽음을 맞이할 것이다.

31

슬픔은 사랑을 먹고 자란다. 슬픔은 충만한 사랑을 알아
본다. 사랑을 먹고 자란 슬픔은 이내 충만해진다.

나는 슬픔이 없는 사람을 경멸한다. 아니, 슬픔을 모르는
사람을 경멸한다. 슬픔을 모르는 사람은 매사에 무례하
다. 슬픔을 모르기 때문이다. 슬픔을 모르는 사람은 매사
에 자신이 옳다. 슬픔을 모르기 때문이다.

그래서 슬픔은 중요하다. 슬픔이 있는 사람은 무례하지
않다. 슬픔이 있는 사람은 자신의 틀림을 가늠해본다. 슬

품이 있는 사람은 모든 말을 내뱉지 않는다. 슬픔이 있는 사람은 적절히 타인과 거리를 둔다. 슬픔이 있는 사람은 타인을 해하지 않는다. 슬픔이 있는 사람은 매사에 조심한다. 슬픔이 있는 사람은 공감할 줄 안다. 그래서 슬픔이 있는 사람은 조용히 타인을 위로한다.

사람들은 각자의 슬픔을 품고 살아간다. 슬픔은 없애버려야 할 것이 아니다. 상처는 낫고 슬픔은 머문다. 우리는 우리에게 머물기로 한 슬픔과 함께 살아가야 한다. 슬픔은 삶을 신중하게 한다. 그것이 슬픔의 미덕이다.

여기서 슬픔은 고통과는 전혀 다른 것이다. 고통은 비탄이며 비탄은 많은 것을 파괴한다. 자기 자신을 파괴하고 타인을 파괴하고 세상을 파괴한다. 그러므로 고통에서 벗어나는 일은 매우 중요하다. 자기 자신을 위해. 타인을 위해. 그리고 세상을 위해.

32

고독의 가장 큰 문제점은 마음의 고통을 여전히 품고 있다는 점이다. 그렇지만 은신처로 몸을 피하는 것만으로 절망을 치유하는 사람은 없다. 방안에서는 아무것도 잊히지 않는다.

―올리비에 르모

33

나는 또다시 하노이에 가기 위해 김해공항 8번 게이트에 앉아 있다. 5월의 하노이는 삼십오 도를 넘나들었고 7월의 하노이는 사십 도에 육박했다. 지금의 하노이는 어떨지 모르겠다. 나의 여행 가방은 점점 간소해지고, 내가 묵었던 숙소와 내가 걸었던 길들을 떠올리며 비행기를 기다리고 있다. 공항으로 오는 택시 안에서 푸르게 동이 터올 때 생각했다. 나의 예상이라는 것은 얼마나 빗나가기 쉬운가. 살면서 다시는 못 올 곳이라 생각했던 곳에 가기 위하여 나는 지금 몸을 움직여 그곳으로 가고 있다. 날씨 운이 따라준다면 좋으련만. 삼십오 도쯤에서라면 항무아에 올라 넓은 땅을 바라볼 수 있을 텐데 말이다.

공항은 확실히 전보다 붐비고 있고, 비행편도 많아져서 모든 게이트가 열려 있다. 방역 작업 때문에 탑승이 지연된다는 안내 방송이 속속 흘러나오고, 사람들은 고개를 들어 시계를 보고 있다.

새벽의 공항은 분주하고 조용하다.

나는 하염없이 자고 싶기도 하고 명료하게 깨어 있고 싶기도 하다. 요즘 내가 가장 강하게 느끼는 것은 수면욕이다. 나는 푹 자고만 싶다. 살아 있음을 행하지 않아도 되기 때문에 수면은 달콤한 것이다.

살아 있음을 끊임없이 행하고 맛보고 싶은 사람에게 수면은 달갑지 않은 것일 수도 있다. 하지만 나는 가끔씩 아주 강력하게 삶을 멈추고 싶은 욕망을 느낀다. 단지 잠드는 것이 아닌 간헐적 죽음으로서의 수면 상태를 욕망하는 것이다.

올리비에 르모에 따르면 과거는 "기억의 끈"이다. 그는 자신의 책에 "기억의 끈을 놓아버림으로써 자아를 실현한다"고 썼다. 바로 그 기억의 끈을 놓고 나는 전과 다른 사람이 되고 싶다. 내가 여행을 통해 해야 할 임무는 오로지 이것뿐이다. 기억의 끈을 놓는 것이다. 어디선가 나도 모르는 사이에 잃어버리는 것이다. 주위를 둘러보니 기억은 온데간데 없고 나 혼자 있는 것이다.

34

사람이 혼자일 때 그 사람은 과연 누구인가?

—장자크 루소

35

비행기는 한 시간 지연되었고, 내 옆자리에는 초행인 듯
한 승객들이 자리를 잡았다. 그들은 베트남 돈의 계산법
에 대해 이야기를 나누고 있다. 비행 내내 큰 소리로 대
화를 나누지만 않는다면 좋을 것이다.

여덟시 오분 출발 예정이던 비행기는 아홉시 이십분이
되어서야 활주로에서 움직이기 시작했다. 앞으로 세 시
간 사십 분 뒤면 노이바이공항에 도착한다고 한다. 거기
서 나는 능숙하게 택시를 잡아 타고 뜨랑 띠엔의 코니퍼
호텔로 가달라고 말할 것이다. 비행기는 활주로를 천천

히 이동하다가 아홉시 삼십분에 이륙했다.

나의 팔걸이에 맨발을 얹어놓은 뒷자리 남자에게 발을 내려달라고 하고서 팔을 높이 뻗어 크게 기지개를 켰다. 나는 이제 하노이를 아주 가깝게 여기고 언제든 가벼이 다녀올 수 있다고 생각한다. 하노이에만 있는 맛있는 분짜와 쌀국수를 먹고, 망고 쉐이크를 마시고, 골목 사이사이를 걸어 숙소로 돌아오자. 냉장고에 가득 채워놓은 세븐업을 마시며 글을 쓰다가 배가 고파지면 다시 카메라를 목에 걸고 숙소를 나서자. 그리고 어느 사이에 기억의 끈을 끊고 다른 내가 되어 한국으로 돌아가자. 옆자리 승객들은 이륙하기 전에 잠이 들었다가 푸드 카트 서비스를 시작할 때 깨어났다.

돌이켜보면 나는 아름다운 곳에 혼자 남겨지고 싶지 않았다. 혼자 남겨진 나는 아름다운 자연 앞에서 내 마음에 싯퍼렇게 살아 날뛰는 살의를 마주보게 될 것이 분명했다.

36

나는 내가 또다시 나를 죽이고 싶어할까봐 두려웠다. 그래서 나는 사람이 많고 시끄럽고 맛있는 것이 잔뜩 있고 날씨가 따뜻한 곳으로, 하지만 여행답게 그 모든 것이 낯설기만 한 곳으로 가고 싶었다. 나를 압도하는 아름다움은 지금의 나로서는 감당할 수 없다는 것을 분명히 알고 있었다.

나는 자연에 완벽히 압도되어 다시 자신이 사는 세상으로 돌아오지 못한 사람들의 이야기를 알고 있다. 그들의 삶을 읽는 것은 전율 그 자체였다. 나는 여러 번 반복해 책을 읽으면서 완전히 자연 속으로 들어가 사라져버리는 상상을 수없이 했다.

그러나 나는 그들처럼 용기를 가진 사람이 아니었다.

나는 낯선 사람들 사이에 있으면서 내가 나를 죽이고 싶어하는 마음과 끝을 보고 싶었다. 어떻게 하면 그럴 수 있는지는 전혀 알지 못했다. 그저 여행이라는 것을 하면서 내가 가진 나에 대한 살의를 끝장내고 싶었다.

그것은 그저 살아 있고 싶은 마음이었다. 잠에서 깨어나면 죽고 싶다 생각하지 않고 살고 싶은 마음이었다. 살아 있다는 생각도 그만 하고 싶었다. 그냥 살고 싶었다. 삶과 죽음에 대해 잠시만이라도 생각을 멈추고 그냥 살아 있고 싶었다.

살아 있다는 것을 의식하는 일이 얼마나 피로한 일인지 공감하는 사람이 있다면 나는 말없이 그를 안아주고 싶다.

37

한국의 5월은 내게 너무 추웠고 나는 살갗을 햇빛에 데
우고 싶어 안달이 나 있었다. 내겐 너무 긴 겨울의 연속
이었다.

6월에는 육 년간 이어지던 소송이 끝났다. 나는 소송에
서 이겼다는 소식을 듣고 다음날 바로 하노이행 비행기
를 탔더랬다. 그러니까 소송은 끝이 났고, 하물며 이겼다
는 것에 기뻐하면서도 이제 더이상 끔찍한 일들을 부여
잡고 싸우지 않아도 된다는 사실을 이해하지 못했다. 하
노이에 보름 간 머무는 동안에 나는 점차 내가 더이상 실

체 없는 거짓말과 대중 앞에서 싸우지 않아도 된다는 것을 이해하기 시작했고, 그러나 그 싸우던 시간에 이제는 무엇을 해야 할지 모르게 되었다. 나에게 시간이라는 것이 주어져, 싸우지 않고 분노하지 않고 살의에 휩싸이지 않아도 되는 시간이 주어져, 무엇이든 하고 싶은 것을 해도 된다며 내 앞에 놓여 있었다. 나는 곰곰이 생각해보았다. 수많은 오토바이와 경적소리와 지저분한 골목길과 무례하고 천박한 한국 중년 남자들 사이에서 내가 경험한 것이 무엇이었는지를.

그렇다. 하노이는 곧 나 자신이었다.

그래서 나는 하노이에 다시 가고 있다. 전과 다른 나에게 하노이는 어떤 곳인지 궁금한 탓에 도무지 참을 수 없기도 하였고, 시간이 지날수록 하노이의 '무엇-없음'에 나는 매료되었다. 파리가 날아다니는 노점에 혼자 앉아 하염없이 커피를 마시는 것. 그냥 아무데로나 걷는 것. 감탄할 풍경보다는 가지 말아야 할 곳을 분별하는 것. 먼지가 쌓이고 곰팡내가 나는 기념품을 구경하는 것. 사고 싶은 것이 없어 그냥 나오는 것. 빈손으로 걷는 것. 길바닥에 맨발로 앉아 있는 사람을 보는 것. 가까이 다가가 단

숨에 셔터를 누르는 것. 눈을 마주치고 함께 웃는 것.

책을 읽다가 비행기의 창문을 바라보다가 볼펜을 쥐고 노트의 글자들을 보면 반사된 빛에 하나로 뭉뚱그려 보인다. 나는 내가 쓴 것을 읽기 위해서 눈을 가늘게 뜨고 한 글자씩 짚어나가야 한다.

창밖은 구름으로 가득하고, 비행기의 속도는 가늠되지 않는다. 그저 눈이 부시다가 어느새 모양을 바꾼 구름의 모습을 알아차릴 뿐이다.

38

도착해서는 숙소에 짐을 풀고 텅 빈 방안을 둘러보는데
슬픈 감정이 파도처럼 밀려왔다. 나는 가만히 서 있는데
발목을 적시더니 이내 무릎까지 차오르다가 턱 아래에서
찰박였다. 떠나왔기 때문일까? 혼자 덩그러니 호텔 방에
남겨져서일까? 나는 슬픔의 정체를 알 수 없었다. 당장
은 알 수 없는 슬픔에 대하여 곱씹어보며 그 근원을 찾는
일을 언제까지 해야 하는 걸까? 죽을 때까지? 슬픔은 머
리 꼭대기까지 차오르지 않는다. 까치발을 하고서 허우
적거릴 만큼만 차오른다.

나는 금방이라도 울음을 터뜨릴 것 같은 상태가 되어서는 서둘러 가방을 챙겼다. 카메라에 필름이 들었는지 확인하고, 지갑에 얼마간의 돈을 챙기고, 읽던 책을 넣고, 수첩을 넣고 서둘러 늦은 점심 겸 저녁을 먹으러 나갔다.

이제 구글맵을 켜지 않고도 뜨랑 띠엔에서 성 요셉 성당까지 나는 걸어갈 수 있다. 걷는 동안에 슬픔이 서서히 물러가는 것을 느꼈다. 나는 발목에 찰박이는 슬픔을 헤치며 계속해서 걸어갔다. 가는 길에는 자주 가던 아하 커피에 들러 블랙 커피 아이스를 한 잔 마셨다. 한 달 사이에 아하 커피 옆 편의점은 공사를 시작했고 몇몇 점포들은 아예 다른 가게로 바뀌었다. 아무것도 변한 것이 없을 거라고 막연히 생각했던 나는 적잖이 당황했다.

이십 분을 걷는 사이에 온몸은 땀으로 흠뻑 젖었고, 저녁을 먹고 돌아오는 길에는 무섭게 천둥이 치더니 이내 소나기가 쏟아졌다. 숙소에 돌아와서는 침대에 누워 책을 읽다가 까무룩 잠이 들었다. 새벽 네시부터 움직였으니 그럴 수밖에.

로비에 내려가 수박 주스를 시켜놓고 담배를 피우는데

그제야 실감이 나고 말았다. 맙소사. 내가 하노이에 또 와 있네? 내일은 어떤 글을 쓰게 될까? 이렇게 글 쓰는 일에만 몰두한 게 얼마 만이지? 한 달 사이에 이렇게 시원해질 수가 있는 걸까? 그렇다면 닌빈에 가는 기차표를 끊으러 가야지. 내일은 아침 일찍 일어나 아무 근심이 없는 사람처럼 조식을 먹고, 아침 산책을 하고, 하노이역에 가서 하노이-닌빈 왕복 기차표를 끊고, 올 데이 커피에 가서 망고가 가득 든 아이스티를 마시며 글을 써야지. 책을 읽으며 밑줄을 긋고, 모서리를 접고, 생각에 빠져야지. 한참을 그러다 내가 사는 세상으로 돌아와야지.

39

아침에 일어났는데 등 아래께 약간의 슬픔이 고여 있었
다. 나는 이리저리 뒤척이며 슬픔이 마르기를 기다렸다.
일어나 담배를 두 대 피우고, 아침약을 먹고, 슬픔이 마
를 때쯤 샤워를 했다. 그리고 힘을 내 여느 여행자처럼
호텔 로비로 내려가 조식을 먹자고 생각했다.

나는 오랫동안, 그러니까 수년 동안 술이 없이는 잠들지
못했다. 나의 상담의는 내게 알코올의존증이라 했고 나
는 그 단어가 몹시 좋지 않았다.

알코올.

의존.

그날로 나는 술을 끊고 처방받은 취침약을 먹고 잠이 들었다. 술을 장기간 일정하게 마시면 사람이 작은 일에도 화가 나기 십상이다. 내 경험은 그랬다. 잠들기 위해 혼자서 마시던 술을 끊은 지금은 쉽사리 화가 나지 않는다. 좋은 일이다.

나는 지금 아침에 한 번 저녁에 한 번 자기 전에 한 번 약을 먹는다. 상담의는 저녁약을 먹지 않게 되는 것이 '우리의' 목표라 했다. 나도 그렇게 된다면 좋겠다.

8월의 하노이는 7월에 비해 놀라울 정도로 시원하다. 덥지 않다는 얘기가 아니다. 그늘에 있으면 시원한 바람이 분다. 햇빛은 여전히 뜨겁고 햇빛 아래서 삼십 분 정도를 걸으면 온몸이 땀으로 흠뻑 젖는다. 그래도 눈앞이 어지러운 지경이었던 7월에 비하면 천국의 날씨라 할 수 있다.

조식을 먹으러 내려왔는데 한 직원이 나를 반갑게 맞아

주었다. 언제 다시 왔냐며 활짝 웃기에 어제 다시 왔다고 대답했다. 한 달 상간으로 세 번을 왔으니 알아보는 것도 무리는 아니다. 나는 그의 환대가 몹시 반갑고 고마웠다.

이제 하노이역에 가서 닌빈행 기차표를 끊고, 점심으로 퍼짜쭈엔에 가서 쌀국수를 먹고, 저녁에는 롱비엔역 근처 기찻길 마을에 가서 시간을 보낼 생각이다. 해는 더없이 반짝이고 그늘은 시원하다. 창문을 활짝 열어놓은 집들 안쪽으로 오늘 하루를 시작하는 사람들의 모습이 정겹게 보인다.

40

숙소 앞에서 택시를 타고 "갸 하노이"에 가자고 했는데 기사가 전혀 알아듣지 못했다. 나는 "가! 하노이!" "갸! 하노이!" 여러 번 반복해 외쳤다. 기사는 "하노이 호텔?" 하고 내게 물었다. "노! 하노이 스테이션!" 하고 대답했지만 기사는 이번에도 알아듣지 못했다. 나는 다시 한번 숨을 가다듬고 "갸!" 하고 외쳤다. 그러자 기사가 "아! 갸나노이!" 하고 웃었다. 하지만 내가 다른 택시를 타고서 "갸나노이!"라고 따라 해도 못 알아들을 것은 분명했다.

나는 한산한 역사에서 하노이-닌빈 왕복 기차표를 끊고 역에서 나와 바로 그랩을 잡아 밧단 거리로 가자고 구글맵을 켜서 보여주었다. 시계를 보니 아침 열시 삼십팔분이었다. 조식을 먹었는데도 배가 고파서 아침 열한시까지 하는 퍼짜쭈엔에 서둘러 가야 할 판이었다.

퍼짜쭈엔의 쌀국수는 다른 쌀국수집 국물보다 기름기가 많고 걸쭉하다. 여기서는 매운 고추를 잔뜩 넣고 먹으면 맛이 그만이다. 배가 불러오니 새벽 여섯시 기차를 타고 여덟시에 닌빈에 도착해 오후 네시까지 있어야 하는 일정이 슬슬 걱정되기 시작했다. 7월보다는 덜 뜨거워서 항무아에도 가고 거리를 여기저기 발길 닿는 대로 걸어다닐 수도 있을 것 같은데, 어쨌거나 내일 가보면 알 수 있겠지.

나는 쌀국수를 한 그릇 싹 비우고서 숙소로 돌아와 까무룩 낮잠을 잤다.

잠에서 깨어났을 때는 내가 해야 할 일이 오직 걷고 보고 먹고 쓰는 것이라는 사실이 행복해 이불을 머리 끝까지 뒤집어쓰고 침대 위를 뒹굴었다. 하지만 나는 알고 있다.

그냥 걷고 보고 먹는 일이 기왕이면 더욱 좋다는 것을.

글을 쓰는 일은 언제나 어렵고 힘이 든다.

part 5

하노이에는 내가 있어요

41

나는 막연히 오십 살이 되면 글을 그만 쓰고 싶다는 생각
을 하고 있다. 그래서 지금 이렇게 열심히 쓰고 있는 것
인지도 모른다.

나는 문장이 아니라 이야기로 머리를 후려치고 싶다. 아
주 세게. 기분이 나빴다가 서서히 정신을 차리며 양심의
가책을 느끼게 하는 이야기를 쓰고 싶다. 하지만 나에게
그런 재능이 있는지 모르겠다. 나는 그냥 내가 쓰는 글을
쓴다.

내가 쓰는 글은 어떤 글일까?

가끔 사람들에게 묻고 싶은 충동에 사로잡힌다.

42

7월에 한국으로 돌아간 뒤로 닌빈 생각을 많이 했다. 분명 아름다운 곳이었는데 내 피로한 마음이 아름다움을 전혀 느끼지 못한 것 같아 속이 많이 상했다.

나는 내가 아름다움을 느끼지 못하는 사람이 된 것에 큰 충격을 받았다. 피로한 마음이 서서히 회복되는 동안에 결심한 것은 닌빈의 풍광을 다시 한번 봐야겠다는 것이었다. 그러자면 하노이에 또 가야 하는데. 가야지. 가는 수밖에.

며칠을 뒤척이며 고민하다가 하노이에 다시 가겠다 마음을 굳히자 모든 것이 평안해졌다. 다른 내가 보는 다른 하노이를 보고 싶었다. 그건 내게 너무나도 중요한 일이었다. 내가 본 것을 다시 보는 데 있어 다름이 있다면 그것이야말로 나의 변화를 확인할 수 있는 확실한 방법일 것이다.

살아도 그만 안 살아도 그만인 사람에게 무엇이 아름답게 보일까. 살아도 그만 안 살아도 그만인 사람에게 무엇이 맛이 있을까. 살아도 그만 안 살아도 그만인 사람에게 무엇이 꼭 필요할까. 아름다운 것도 맛있는 것도 필요한 것도 나는 없었다.

43

지난번에는 남딘이라는 지명을 닌빈으로 잘못 알아듣고 닌빈 전에 내리고 말았는데 이번에는 기차에서 푹 자다가 닌빈을 지나쳐버렸다. 나는 하는 수 없이 또 택시를 타고 사십 분을 거슬러올라가 닌빈역에 도착했다. 한 달 사이 온도는 십 도가량 낮아져 있었다. 도대체 사십 도에서 어떻게 한 시간이나 보트를 타고 온갖 데를 오토바이를 타고 돌아다닐 수 있었던 거지?

닌빈역에 도착하자마자 지난번에 커피를 다섯 잔이나 시켜 마셨던 카페로 달려갔다. 주인 아저씨가 나를 알아보고는 턱을 들어 인사를 했다. 나는 블랙 커피 아이스를 주문하고 담배를 피우며 오토바이와 드라이버를 불러 달라고 부탁했다. 커피를 한 잔 마시는 동안에 드라이버가 도착했고 나를 보더니 "헬로, 어게인!" 하고 활짝 웃었다. 세상에 모르는 사람이 이토록 반가울 수가. 우리는 불과 한 달 전에 최악의 더위 속에서 오토바이를 타고 함께 도로를 질주했었다.

지난번엔 땀꼭에 갔었고, 이번엔 날씨 덕에 좀더 멀리 가도 되겠단 생각이 들었다. 드라이버와 나는 함께 지도를 보며 뜨랑 안과 닌빈에서 가장 큰 사원에 가보기로 했다. 오토바이를 타고 한 시간 정도 거리에 있다고 했다.

땀꼭은 보트를 타고 한 시간 정도면 강을 돌아오지만 뜨랑 안은 두 시간이 넘게 걸린다. 닌빈에 오면 사람들이 하는 것을 나도 해보기로 하고 우리는 뜨랑 안을 향해 출발했다. 도착해보니 뜨랑 안은 땀꼭보다 그 규모가 훨씬 크고 관광지스럽게 꾸며져 있었다. 날씨 탓이겠지만 관광객도 많아서 몹시 북적였다. 헤드 마이크를 쓴 사람이 단체 관광객을 인솔하며 삼삼오오 짝을 지어주고 있었다. 나는 혼자여서 4인용 보트에 자리가 하나 날 때까지 기다렸다. 그러다 3인 일행이 타는 보트에 올라타고서 뜨랑 안 보트 투어를 시작했다. 아, 나는 보트에 타기 전에 트웬티를 내고 농을 하나 사서 썼다. 기왕 관광지에 온 김에 남들 하는 것은 다 해보고 싶었다.

농을 쓰고 보트 맨 앞에 앉은 나는 기묘하게 솟아 있는 산들을 유심히 바라보았다. 이런 제장. 너무 아름답네. 나는 땀을 닦는 것처럼 찔끔 눈물을 닦았다.

세 시간 만에 다시 만난 드라이버와 나는 사원으로 출발했다. 가는 길은 정말이지 눈물이 주룩주룩 흐를 만큼 아름다웠다. 나는 헬로 키티 그림이 그려진 하얀색 헬멧을 쓰고서 드라이버의 어깨를 붙잡고 오토바이 뒷자리에 앉아 주룩주룩 울었다. 이런 제장. 너무 아름다워.

44

닌빈의 도로는 산을 따라 굽이지고, 가로수가 많고, 여느 도시의 도로처럼 차나 오토바이가 넘치지 않는다. 달리다보면 가끔씩 차 한 대 오토바이 한 대가 옆을 스쳐갈 뿐이다. 넓은 평원에는 농을 쓴 사람들이 허리를 숙이고 농사를 짓고 있다. 가끔 무리를 진 소들이 꼬리를 흔들며 평원을 거닐고 있기도 하다. 어느 곳은 사람이 갈 수 있어 보이고 어느 곳은 사람이 갈 수 없어 보인다. 나는 그 모든 땅의 넓고 광활함이 복받쳐왔다. 아름다운 산들과 평원이 이어지는 도로를 따라 비를 맞으며 자전거를 타고 트레킹하는 사람들을 여럿 보았다. 나는 그들이 몹시 멋져 보였다.

비록 나는 헬로 키티 헬멧을 쓰고 울고 있지만 나 역시 그들만큼 용감하고 멋지다고 생각했다.

닌빈에 가는 사람들에게 나는 꼭 오토바이나 자전거를 빌려 타고 그 아름다운 길들을 달려보라고 권하고 싶다. 나도 언젠가는 꼭 다시 와서 오토바이를 타고 닌빈의 길을 달리고 싶다. 한국에 돌아가면 오토바이 운전을 배울 것이다.

45

닌빈역 앞으로 돌아와 기가 막히게 맛있는 커피를 마시며 담배를 몇 대 피우고 있는데 옆 테이블에 앉아 쉬던 드라이버가 일어나 인사를 건넸다. "다음에 오면 또 나한테 전화해!" 나는 그러겠다고 하고서 손을 흔들어 보였다. 그러고는 기가 막히게 맛있는 커피를 한 잔 더 시켜서 홀짝이고 있는데 사장 아저씨가 어서 기차를 타러 가라고 말했다. 시계를 보니 출발 십 분 전이었다. 맙소사. 나는 반쯤 남은 커피를 쭉 들이켜고서 언제 다시 이 커피를 마실 수 있을까 아쉬워하며 역을 향해 달려갔다.

기차에 앉아 바깥 풍경을 보고 있자니 "기억의 끈"이 끊어진 것 같았다. 전에 없이 맑고 개운한 기분이었다. 몸이 너무 피곤한 나머지 금방이라도 곯아떨어질 것 같았는데 잠 같은 건 전혀 오지 않았다. 기차에서도 나는 계속해서 폭우가 쏟아지는 닌빈의 도로를 오토바이로 달리고 있었다. 고통은 어째서 저절로 물러나지 않을까. 이렇게 애를 써야만 저만치 물러서서 나로부터 작별을 고하는 걸까. 힘든 일들이 끝나면 그걸로 끝이면 안 되는 거야? 꼭 그것과 내가 분리될 수 있도록 어떤 수고로움이든 스스로 노력하지 않으면 안 되는 거야? 인간은 참 이상하기도 하다. 이렇게 복잡하게 지어진 생물이라니. 나는 불평을 하면서도 닌빈에 두고 온 나의 과거에 또 찔끔 눈물이 났다.

닌빈은 아름다웠고, 아름다운 닌빈은 나의 고통을 흔쾌히 받아주었다.

여기에 두고 가면 돼.

넓은 땅이 내게 말해주었다.

하노이역에 도착해서도 비는 그치지 않았다. 나는 혼잡한 광장을 지나서 그랩을 잡아 타고 흠뻑 젖은 채로 숙소로 돌아왔다. 어째서 택시를 타지 않았냐고? 나는 비를 맞으며 오토바이를 타도 아랑곳하지 않는 사람이니까!

46

밤 사이 쏟아지던 폭우가 아침 내 이어졌다. 새벽에는 천
둥 소리에 몇 번 잠에서 깨기도 하였다. 나는 딱 일주일
만 더 이렇게 빗소리를 들으며 다리 사이에 이불을 둘둘
말고서 잠들었다가 깨기를 반복했으면 좋겠다고 생각했
다. 이것은 여행자만이 생각할 수 있는 천연덕스러움인
지 모른다.

바닷가에 사는 나는 비가 오는 날이면 특히 더 습해지는
공기에 애를 먹는다. 방바닥은 온통 젖어 있고 빨래는 전
혀 마르지 않고. 건조대에서 냄새나고 축축한 빨래를 걷

어 다시 세탁기에 돌리고. 젖은 발바닥에 묻어나는 고양이 털들을 떼어내고. 아무리 떼어내도 소용이 없고.

침대에서 겨우 몸을 일으켜 택시를 잡아 타고 홍녹 병원에 가서 피씨알 검사를 받았다. 오전에 일찍 가서 검사를 받으면 오후 세시 삼십분 이후에 결과가 나온다. 출국 날 아침, 그러니까 새벽 한시 비행기로 출국하는 일정에 딱 알맞다. 물론 코로나에 걸리지 않아야 출국하겠지만 말이다.

홍녹 병원 근처에는 내가 너무나도 좋아하는 올 데이 커피가 있다. 나는 피씨알 검사를 받고 설레는 마음으로 올 데이 커피에 가 망고가 잔뜩 든 아이스티를 두 잔 마셨다. 올 데이 커피의 망고 아이스티는 내게 갈증이라는 것이 있어서 그것을 바닥부터 채워주는 느낌의 짜릿한 맛이다. 나는 빨래 걱정도 하지 않고 고양이 털 청소 걱정도 하지 않고 베란다에 들이치는 비바람 걱정도 하지 않고 천연덕스럽게 앉아서 망고 아이스티를 두 잔 마시며 폭우가 쏟아지는 창밖을 바라보았다. 오후에 피씨알 결과지를 받으러 와서 또 마셔야지. 그때는 비가 그쳐서 거리를 쏘다닐 수 있다면 좋겠다.

47

망고 아이스티를 두 잔이나 마시며 기다렸는데도 비가 그칠 기미가 보이지 않아 숙소로 돌아왔다. 침대에 누워 책을 좀 읽는가 싶었는데 어느새 잠이 들어버렸다. 집에서는 아무리 기를 써도 오지 않는 잠이 여행만 오면 이렇게 수시로 찾아온다. 참 이상한 일이지. 취침약을 먹지 않아도 잘 수 있을 것만 같은 기분마저 든다.

선생님, 저는 왜 집에서는 잠이 오지 않을까요?

내가 묻는다면 상담의는 뭐라고 대답할까? 약을 받으러

갈 때마다 언제나 마음속에만 담아두고서 한 번도 묻지 못했다. 내가 먹는 취침약 봉지에는 다섯 알의 약이 들어 있다. 그렇게 먹고도 다섯 시간 정도 자면 깨버려서 추가로 받은 약을 한 알 더 먹고 두 시간쯤 더 자곤 한다. 그러니 매일 그렇게나 피곤할 수밖에.

매일 이렇게 약을 많이 먹어도 사람이 괜찮은 걸까 때로 궁금하다. 그래도 술을 먹고 잠들 때보다는 훨씬 낫기 때문에 나는 약을 먹는다. 술을 먹고 자면 몸은 몸대로 피곤하고 마음은 화로 가득찬다. 약을 먹고 자면 피곤은 해도 화가 나지는 않는다.

나는 화를 내며 살고 싶지 않다.

48

화를 내며 사는 일의 고단함. 저기 저 사람도 화가 나 있
구나. 화가 난 나는 화가 난 사람을 알아본다.

하노이에 세번째로 온 나는 마음속에 단단히 자리잡고
있던 화가 뭉근하게 풀어지더니 몸밖으로 스며나오는
것을 분명하게 알아차렸다. 이건 땀이고…… 이건 화
네…… 쯧쯧…… 울분이 기어이 버티지 못하고 몸밖으
로 빠져나오고 있었다. 하루가 다르게 마음속의 화가 덜
어지고 나는 하노이에 있다는 것 그러나 며칠 뒤면 떠나
야 한다는 것에 기쁨과 아쉬움을 느꼈다. 여느 여행자들

처럼. 여행을 하기 위해 여행을 떠나온 사람들처럼. 나는 길을 걷다가도 하늘을 올려다보며 갑자기 기지개를 켰다. 여행 너무 좋아! 여행 정말 최고야! 나는 속으로 외쳤다.

나는 오랫동안 현재에 있지 못하고 과거에 묶여 있었다. 과거에 두 발이 묶인 채로 분노에 잡아먹히는 나를 그저 보고만 있어야 했다. 그깟 거짓말이 뭐라고. 신경쓰지 마. 사람들은 내게 말했다. 그래. 그깟 거짓말이 뭐라고. 하지만 내 마음은 그 말을 전혀 듣지 않았다. 나는 나를 둘러싼 거짓말들을 바로잡고 싶었다. 아무도 신경쓰지 않는다 해도 나는 바로잡고 싶었다. 그렇게 하지 않으면 내가 혼자서 미쳐버릴 것만 같았다.

과거의 단단한 끈에서 풀려난 나는 바로 지금 내가 어디서 무엇을 하고 있는지 느끼는 것만으로도 폴짝폴짝 뛰고 싶은 심정이었다. 왜 자꾸만 하노이에 오는가 했더니 내 두 발을 묶은 지긋지긋한 과거를 끊어내려고 그랬구나. 잘했다. 잘했다. 나는 나에게 잘했다고 여러 번 말해주었다.

49

불행이 저절로 사라지지 않는다는 점에서 나는 불행이 대단히 악질적이라 생각한다. 하나의 사건에서 파생된 불행이 사건의 종결과 함께 끝이 난다면 인간은 좀더 단순하고 가뿐하게 이 삶을 살아낼 수 있을 것이다. 그러나 불행은 반드시 남는다. 불행을 낳은 사건이 끝난 뒤에도 불행은 남아서 마음을 갉아먹으며 자라난다. 불행은 마음속에 담겨 있는 언어를 배우고 감정을 배우고 바깥 세상을 익힌다. 성숙한 불행은 인간에게 말을 걸고 감정을 조종하고 바깥 세상에 대해 이러쿵 저러쿵 속삭인다. 성숙한 불행은 환청이자 환각이 되어 나와 함께 살아간다.

불행은 내게 말한다. 저기엔 아무것도 없어. 불행은 눈앞의 것을 지워버린다. 불행은 하늘을 지우고 구름을 지우고 산을 지우고 나무를 지우고 강을 지우고 철 따라 피어나는 꽃들을 지운다. 인생이 아무 대가 없이 인간에게 주는 행복을 보지 못하게 한다. 그런 뒤 자신만을 보라고 불행은 속삭인다.

불행은 어두운 밤길과 같다. 가로등도 없고 앞을 보아도 뒤를 보아도 어둠뿐인 밤길과 같다. 어디선가 풀섶을 뒤척이는 소리가 나고 금방이라도 뛰쳐나와 나를 덮칠 것만 같아도 보이는 것은 없다. 누군가 쫓아오는 것만 같아 뒤를 돌아보며 속도를 내 걷다가 넘어지길 반복한다. 그래도 계속해서 가야 한다. 아주 작은 희망이라는 것이 계속해서 어두운 밤길을 걸어가라고 다그친다. 언제 날이 밝을지도 알려주지 않고 언제 두려움에서 벗어날지도 알려주지 않고 희망은 일단 계속해서 가라고만 한다.

불행한 사람에게 희망은 없는 것만 못하다. 그러나 불행이 그저 있는 것처럼 희망도 그저 있다. 그저 있으면서 사람에게 이래라저래라 한다.

나는 그렇게 수년을 살았다. 한번 태어난 이상 계속해서 살아야 한다는 것은 너무 가혹한 처사라고 생각하기에 이르렀고 사람은 언제든 자신이 원하는 때에 죽음을 선택할 수 있어야 한다고 그러니까 언제든 죽으면 된다고 그러면 다 끝난다고 스스로를 위로하는 사람이 되었다.

50

죽으면 다 끝나니까 면허를 따서 운전은 해보고 죽자. 이
것이 내가 삶을 살아가는 방식이었다. 죽으면 다 끝나니
까 이 책은 쓰고 죽자. 매번 그런 식이었다. 죽으면 다 끝
나니까 하노이에 가서 반 꾸온 꼬년과 분짜를 한번 더 먹
어보고 죽자. 이것이 내가 하노이에 가게 된 이유였다.

반 꾸온 꼬년은 맷돌로 곱게 간 쌀물을 면보에 둥글게 올
려 쪄낸 뒤 미리 다져서 볶아놓은 고기소를 넣어 말아
낸 음식이다. 나의 불행은 반 꾸온 꼬년을 좋아했다. 그
때 나는 불행이라는 녀석에게 너도 어쩔 수 없구나 응수

했다. 맛있지? 불행은 고개를 끄덕였다. 한 접시 더 먹을까? 불행은 고개를 끄덕였다.

불행에 발목이 잡혀 한껏 소심해져 있는 나에게 낯선 곳은 갈 엄두가 나지 않았다. 그래서 나는 하노이에 세 번을 다녀왔다. 한 달 상간으로 세 번을 다녀오면서 나는 내가 변화하는 것을 온몸으로 느꼈다. 두번째 다녀왔을 때만 해도 나의 마음은 피로함으로 가득했다. 그런데 하노이에서의 일들을 기록하면서 피로함은 점점 사라지고 하노이에 다시 가고 싶다는 생각만이 강렬해졌다. 당혹스러운 일이었다. 또 가고 싶다고? 두 번이나 다녀왔잖니? 근데 기어이 다시 가야겠다고? 나도 참 대단하다. 끝을 봐야 하는 성격에 절로 고개가 저어졌다.

세번째 하노이로 출발할 때 나는 완전한 여행자가 되어 있음에 문득문득 놀랐다. 공항에 앉아서 비행기에 앉아서 나는 노트를 펴고 글을 썼다. 마치 처음 떠나는 여행인 것만 같았다.

하노이에서 나는 저녁약을 먹는 것을 여러 날 잊었고, 다음날 아침에 저녁약을 먹지 않은 것을 알아차리고는 혼

자서 만세를 불렀고, 한국에 돌아와서도 저녁약은 거의
먹지 않고 있다. 저녁약을 먹는 것을 잊는 일이 내게는
너무나도 신기한 일인 게 지난 몇 년 간 오후 네다섯시가
되면 머리가 깨질 듯 아프고 심장이 두근거려서 저녁약
을 먹지 않는 일이란 절대로 불가능했기 때문이다. 이제
는 저녁이 되어도 머리가 터져버릴 것 같거나 심장이 폭
발할 것 같은 상태는 오지 않는다. 상담의가 말했던 '우
리의' 목표는 이룬 셈이다.

언젠가 아침약도 먹지 않게 되는 날이 올까?

그것이 아주 먼 훗날이라 해도 그랬으면 좋겠다.

51

어느 밤에 나는 K 언니에게 전화를 걸어 펑펑 운 적이 있
다. 언니. 이렇게는 못 살겠어요. 너무 힘들어요. 나는 그
날 언니가 나에게 무슨 말을 해주었는지 하나도 기억이
나지 않는다. 그리고 몇 해가 지나 새벽에 오롯이 깨어 담
배를 피우고 있는데 내가 K 언니에게 전화를 걸어 운 적
이 있다는 것이 기억났다. 어쩜 감쪽같이 잊고 있었을까.

언니. 내가 언니한테 전화해서 운 적이 있지 않아요?

언니는 그렇다고 했다. 그리고는 이렇게 말했다. 죽기 전

에 한 번은 내가 너에게 전화해서 우는 날이 있을 게다. 그 말에 나는 아무 말도 하지 못했다.

세번째로 하노이에 가기 전에 나는 K 언니에게 전화해 하노이에 다시 가야겠다고 말했다. 너 미쳤냐? 언니의 첫마디에 웃음이 터졌다. 언니 요즘 나는 너무 홀가분해요. 소송이 끝나서 너무 좋아요. 이제 소송 없이 살아도 된다는 게 너무 좋아요. 언니는 말했다. 대부분 그렇게 사는데. 너는 너무 오래 힘들었어. 나는 또 울음이 터지려는 것을 참으며 말했다. 그래서요! 이렇게 좋은 마음으로 하노이에 가서 내가 본 것을 다시 보고 싶어요! 언니가 말했다. 그래. 그거 좋다. 다녀와라.

나는 내가 본 것을 다시 보기 위하여 하노이로 떠났다. 살면서 내가 잘한 일이 있다면 불행한 내가 본 것을 행복한 내가 다시 보기 위해 몸을 움직여 멀리 떠난 것이다.

52

그렇다면 사람들은 내게 물을 것이다.

하노이에는 뭐가 있어요?

나는 이렇게 대답할 것이다.

하노이에는 내가 있어요.

part 6

사진의 다음은 서로를 알아보는 것이다

내게는 팔십만 원을 주고 산 중고 필름 카메라가 있다.
CONTAX T2. 평소에 일절 사진을 찍지 않는 나는 이것
을 가지고도 좋은 카메라를 가졌는지 알지 못했다. 어쩌다
내 카메라를 본 지인들이 내 것은 아주 좋은 카메라라고
했다.

나는 지그재그로 달리는 오토바이 뒷자리에서 한 손으로
어설프게 카메라를 쥐고 셔터를 누르면서 몇 번씩이나 손
에서 그것을 놓칠 뻔했다.

곡예를 하듯 카메라를 든 손을 번쩍 들어올리고 셔터를 누를 때 나는 다시없을 눈앞의 광경을 내 것으로 삼을 수 있다고 믿었다. 그 믿음이 오토바이 기사의 양어깨를 잡은 손을 놓고 카메라를 들게 했다.

필름을 인화하면 내가 속했던 순간의 한 조각을 가질 수 있다. 이 순간들은, 사진은, 나보다 이 땅에 오래 남을 것이다. 사진의 위안은 이것이다.

하노이의 보도는 오토바이와 사람들로 빼곡하게 차 있다. 오토바이와 사람들을 피해 걷다가 문득 카메라에 담고 싶은 순간을 만나면 나는 멈춰 서서 카메라의 뷰파인더를 눈에 가져다 댄다. 그리고 숨을 참고서 천천히 다가간다. 더는 숨을 참을 수 없을 때까지, 더는 다가갈 수 없을 때까지 발걸음을 옮긴다.

셔터를 누르는 순간에 그들과 눈이 마주치기도 하고, 셔터
가 닫혔다 열리고 난 뒤에 돌아보는 사람도 있다. 그럴 때
면 나는 그만 웃고 만다. 나를 완전히 잊고 있다가 그들이
내가 거기에 있다는 것을 알려주어 고마운 마음에 손을 흔
든다. 헬로. 그들 역시 내게 손을 흔들어준다.
사진의 다음은 서로를 알아보는 것이다. 서로를 알아보기
직전의 사람들이 필름에 각인된다.

스마트폰 때문이겠지만, 이제는 책을 읽고 있는 사람을 보면 놀라지 않을 수 없다. 나는 스마트폰이 아닌 책을 들고 있는 사람을 보면 무조건 카메라를 꺼내게 된다. 하지만 책 읽는 사람을 방해해서는 안 되기에 딴청을 피운다. 이를테면 성 요셉 성당을 바라보며 사진을 찍는다든가. 나는 재빨리 돌아서서 책 읽는 사람의 순간을 훔친다. 그런 뒤 거기에서 감쪽같이 사라진다.

길에서 농을 쓰고 먹을 것을 파는 사람들은 사진만 찍고 음식은 사지 않는 나에게도 항상 웃어주었다. 나는 과일을 깎는 묵직한 칼을 오랫동안 서서 바라보았는데 빠른 손놀림이 딴에는 무서웠던 것 같다. 지금도 사진 속에 담긴 웃음과 칼을 번갈아 쳐다보고 있다. 저 칼이 나를 해하는 일은 절대로 없을 것이다.

하노이의 경찰들은 멋이 있다. 사십 도를 넘어서는 날씨에서도 팔을 걷어붙이지 않는다. 오토바이며 차들이 어지럽게 한데 뒤엉킨 도로에서 갑자기 어떤 운전자를 불러 세우기도 한다. 운전자는 열심히 항변한다. 내가 보기에는 모두가 혼돈이었는데. 거기에도 나름의 질서가 있는 것이다.

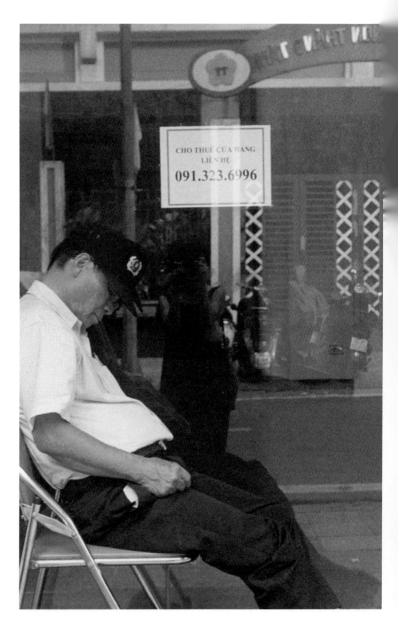

나는 내가 잠들었을 때 항상 죽은 것이나 마찬가지라고 생
각했는데, 까무룩 잠든 사람들을 보니 죽은 사람이라고는
도무지 생각이 들지 않았다. 너무나도 선명히 살아 있다는
것을 나는 잠든 그들을 통해 알았다. 잠은 죽음에 속한 것
이 아니라 삶에 속해 있다는 것을.

하루에도 몇 번씩 무언가를 태우는 사람을 만나게 된다. 부적일까? 그들의 신성한 순간에 내가 셔터를 눌러도 될까? 나는 그게 뭔지도 모르면서 곁을 맴돌며 대단찮은 소원을 빌기도 하고, 그들의 염원이 이루어지길 바라며 옆에 쪼그려앉아 불에 타는 종이를 하염없이 바라보기도 했다. 그러면 또 나를 보고 웃었다. 이 사람들은 화를 내지 않는다. 나를 보면 언제나 웃어준다.

조리개니 셔터스피드니 하나도 모르는 나는 밤에도 아무렇게나 셔터를 누른다. 밤에는 밤의 빛이 있다. 안 찍히면 말고, 그러다 몇 번은 플래쉬를 터뜨렸는데 그래서는 안 된다는 것을 몸소 알았다. 스스로 빛을 내는 것들 말고 내가 빛을 더하는 것은 죄를 짓는 것만 같았다. 나는 그래서 검게 나온 사진을 여러 장 가지고 있다.

여기가 바로 '갸 하노이'. '가'와 '갸' 사이에서 터져나오는
발음으로 말해야 택시기사가 겨우 알아듣는 곳. 기대와 짜
증이 아침 저녁으로 들고 나던 곳. 누구에게나 갸 하노이
에 가서 기차를 반드시 타보라고 권할 수는 없지만 나는
반드시 다시 찾아가 표를 끊을 곳. 그러니까 한여름에 선
불리 기차에 올랐다가는 울지도 모름.

기차가 서면 도무지 어디에 다 실려 있었는지 모를 짐들이 끝도 없이 플랫폼으로 내려온다. 저들이 다 일행인가 하면 손을 털고 기차에 다시 오르는 사람도 있다. 자신이 내리기 위해서 얼떨결에 짐을 넘겨받고 넘겨주는 사람도 있다. 모두들 땀을 뻘뻘 흘린다. 나는 내게 카메라가 있다는 것을 떠올린다.

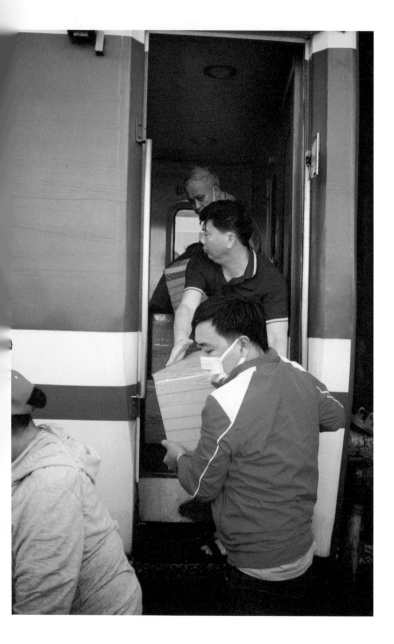

플랫폼에서 역무원이 담배를 피우면 나도 덩달아 피우고
싶다. 그럴 수밖에. 그는 쪼그려앉아 철길을 보며 담배를
피우다 기차가 들어서면 천천히 일어선다. 나는 두세 번
그에게 다가가 표를 보여주며 방금 도착한 기차가 내 기차
가 맞는지 물어보았다. 나도 담배를 한 대 피워도 되겠냐
고는 묻지 않았다.

이 사진을 찍을 때만 해도 나는 이들을 다시 못 볼 거라 생각했다. 내 쪽에서 얼굴은 보이지 않았고, 한참 동안 다른 곳을 바라보고 있었다. 나는 뷰파인더에 눈을 대고 나를 바라볼 때까지 기다렸다. 긴 시간이었다.

다시 만났을 때 우리는 함께 사진을 찍었다. 금방 또 오겠다고 하고서 나는 가방을 챙겨 닌빈역으로 서둘러 걸어갔다.

한참을 걸어 극장에 도착했을 때는 온몸이 땀으로 번들거
리고 티셔츠가 등짝에 붙어버리고 난 뒤였다. 그리고 곧장
알아차렸다. 내가 보려고 한 영화를 상영하지 않으리라는
것을.
매표 직원은 나 말고 사람들이 더 오면 영화를 틀 수 있다
고 말했다. 나는 팝콘 기계 옆에 앉아 오지 않는 사람들을
기다렸다.

사진을 보며 글을 쓰는 동안에 나는 여러 번 입술을 깨물었다. 내가 사진을 찍은 장소에 다시 가 서 있고 싶어서. 친구들은 정말이지 광기에 휩싸인 작가 아니냐며 웃었다. 이 책을 편집하는 성원씨는 그것참 멋진 생각이라고 하며 수화기 너머에서 크게 웃었다. 그는 심학산 둘레길을 걷고 있다고 했다. 나는 입술을 깨물다못해 손톱을 뜯기 시작했고 결국에는 피가 나고 말았다.

하노이에 도착하면 택시를 타고 아무 망설임 없이 내가 묵던 숙소로 가자고 할 것이다. 거기에 별것 없는 짐을 풀고 작은 가방에는 땀을 닦을 손수건과 카메라와 여분의 필름을 넣고 곧장 숙소를 나설 것이다. 로비의 직원들은 또 한번 나를 알아볼 것이다. 다시 만나서 반갑다며 내게 손을 내밀 것이다. 우리는 오랫동안 서로를 믿어온 사람처럼 악수를 하며 눈을 마주칠 것이다.

작가의 말

공항에 앉아 있다보면 어디로든 가고 싶어진다. 누구나 그러할 것이다. 그러나 여행에는 돈이 필요하고 시간이 있어야 하고 어디로든 갈 수 있는 마음의 여유도 지녀야 한다. 실제로 몸을 움직여 얼마간의 짐과 함께 낯선 곳으로 떠나는 일은 그런 것이다.

지난여름, 나는 하노이에 열흘 혹은 이 주석 세 번 다녀왔다. 내가 가진 돈을 모두 쓰기로 했고 일상에서의 생활도 멈추기로 마음먹었다.

당시 내게는 수년간 차곡차곡 들어앉은 분노가 마음을 모두 채우고 있었는데, 이를테면 설거지를 할 때 그릇을 모두 깨부수고 싶고 빨래를 널다 말고 옷을 전부 찢어버릴 것만 같았다.

그래서 나는 멈추었다. 일단 멈추고 하노이로 떠났다. 여행자가 되어 분노를 잠재워볼 심산이었다. 하필 하노이였던 것은 그곳의 모든 음식이 맛있기 때문이다. 하노이에는 맛있는 것들이 잔뜩 있고 나는 하염없이 걷다가 그것을 먹을 수 있다.

『슬픔을 아는 사람』은 그 세 번의 여행을 기록한 책이다. 나의 작은 여행을 이제 사람들 사이에 놓아둔다.

2023년 4월

유진목

슬픔을 아는 사람

ⓒ유진목 2023

초판 1쇄 발행 2023년 5월 10일
초판 3쇄 발행 2024년 10월 15일

지은이 유진목
펴낸이 김민정
책임편집 유성원　**편집** 김동휘 권현승
디자인 김이정
저작권 박지영 형소진 최은진 오서영
마케팅 정민호 박치우 한민아 이민경 박진희 정유선 황승현
브랜딩 함유지 함근아 이송이 박민재 김희숙 박다솔 정승민 배진성
제작 강신은 김동욱 이순호
제작처 더블비(인쇄) 경일제책(제본)

펴낸곳 난다
출판등록 2016년 8월 25일 제406-2016-000108호
주소 10881 경기도 파주시 회동길 210
전자우편 nandatoogo@gmail.com
페이스북 @nandaisart　**인스타그램** @nandaisart
문의전화 031) 955-8865(편집)　031) 955-2689(마케팅)　031) 955-8855(팩스)

ISBN 979-11-91859-53-9 03810